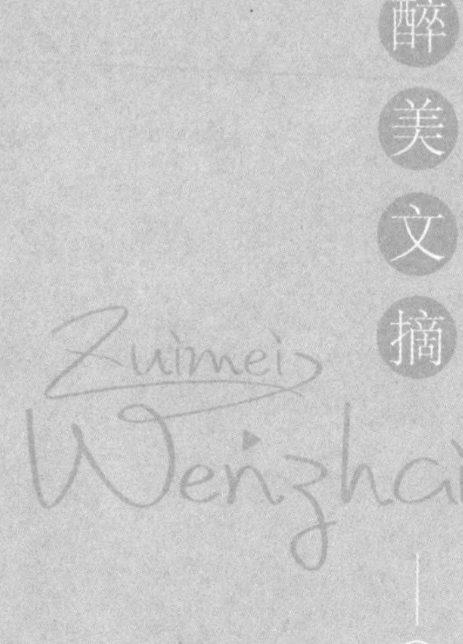
醉美文摘
Zuimei
Wenzhai

U0896755

醉美文摘

一路开花 陈晓辉 / 主编

只有努力才能不辜负梦想

煤炭工业出版社
·北 京·

图书在版编目（CIP）数据

只有努力　才能不辜负梦想 / 一路开花，陈晓辉主编. --北京：煤炭工业出版社，2018（2023.2 重印）

（醉美文摘）

ISBN 978-7-5020-7027-4

Ⅰ.①只…　Ⅱ.①一…　②陈…　Ⅲ.①故事—作品集—世界　Ⅳ.①I14

中国版本图书馆 CIP 数据核字（2018）第 254962 号

只有努力　才能不辜负梦想（醉美文摘）

主　　编　一路开花　陈晓辉
责任编辑　马明仁
编　　辑　郭浩亮
封面设计　宋双成

出版发行　煤炭工业出版社（北京市朝阳区芍药居 35 号　100029）
电　　话　010-84657898（总编室）　010-84657880（读者服务部）
网　　址　www.cciph.com.cn
印　　刷　北京飞达印刷有限责任公司
经　　销　全国新华书店

开　　本　710mm×1000mm 1/16　**印张**　14　**字数**　220 千字
版　　次　2019 年 1 月第 1 版　2023 年 2 月第 3 次印刷
社内编号　9907　**定价**　46.00 元

目录

Contents

01 第一辑 Chapter One

02 第二辑 Chapter Two

第三辑
Chapter Three

04
第四辑
Chapter Four

第五辑 Chapter Five

第一辑

Chapter One

醉美文摘

Zuimei Wenzhai

青 苔

文 / 侯拥华

我不是不爱人类，而是更爱大自然。

——拜伦

青苔。

是阴沉沉的早晨，在一个站台下等公交车的时候，脑海里忽然冒出这个词的，简直有些莫名其妙。但许多时候就是这样子，像是刚刚历经一场春雨，像是心底的泥土里本来就埋有它的种子，它便这样毫无征兆却理由充足地从心底里冒出来，如一只从草丛中惊跳出来的野兔。

那一刻，心里湿湿的，滑滑的，有股时光的凉意在慢慢弥散。它青色或红褐色的毛茸茸的身影如一块长在身体上的胎记，又像是一片刚刚愈合的伤疤，让我的心疼疼的。

也是那一瞬间，我看见斜对面一家烟酒专卖店的二楼上，一个推开的窗口处，正站着一个年轻的女孩子，红色套裙下露出她白皙修长的腿。她一脚在里一脚在外地悬在窗口，一只手紧抓窗框，腾出的另一只手用来仔细抹去蒙在玻璃上的尘土。抹了一会儿，她不时把头转向屋里，像是和人交谈着什么，又像是换个角度在察看自己的工作。那时，我真真切切看见了长在窗台上以及玻璃上的青苔，干涩的青苔。不然，擦它干吗呢？

有时候，会在厨房或者卫生间的某个角落里，发现它们。整理杂物时，它们就那样突兀地露出嘴脸，湿滑、油腻，还有腥臊的气味儿，那种扑面而来的脏让我的手停下来，不想去碰它们。可是我知道，那隔着时光的距离，证明有一段时间我没有来打理它们了。有一段美好的光阴就这样呼啸而过，留下的只有指间风的凉意与心中的茫然。

我忽然想起，有段时间没有回家看望父母了，甚至电话都没打一个；该问候的朋友也没有问候，彼此都有些疏远了；搁在书柜里那本新买的书，看了半截便再也没有看下去。不算太长的一段时光，因为我的疏忽，在荒芜中，不知不觉长出了青苔，长出了生活的青苔、情感的青苔、思想的青苔。

其实，在家乡的老屋、老院里时常也能看到它们。水缸边的土地上，荒废的台阶上，水池旁的小土沟边，常常会见到它们的身影。常常是一场雨过后，院子里的空地上就会冒出一层绿意蒙蒙的青苔。那时候，院子里总会出现几个小孩子，蹲下身子研究它们，叽叽喳喳谈论一番。那时候青砖黛瓦的房檐下，年轻的母亲正坐在一张凳子上择菜，父亲常常会蹲在地上无拘无束地抽一袋旱烟。

这样散漫的时光看上去是那么的清闲、舒适、美好。可是那些青苔像是长有脚和手，不知什么时候爬进母亲的生命中——是从什么时候，她的脚步变得蹒跚起来的，我已记不清楚；她的额头什么时候布满了岁月的皱纹，我更是无法知晓；还有母亲鬓间那花白了的头发。那些青苔让父亲的双手布满老茧粗糙不堪，也漂白了他曾经乌黑发亮的须发。时光的颜色就这样无情地在他们身上一层一层褪去，然后又不容商量地一层一层覆上无法剥落的沧桑。当年在院子里玩耍的孩子，如今已经成年，内心也开始长出了青苔——生命的青苔。

我常常在想，人生许多时候就是这样。你毫无防备它就来了。其实它就在那里等你，等了你好久，你却不知。就像你脑子里会突然冒出一个“青苔”的词汇。在你长满野草的生活中，在你布满荆棘的生命里，青苔就这样一片一片、一层一层地长出来，然后不断扩展版图，直至占领你整个人生。

那青苔，是长在人生路途中的青苔，是带着生命感伤的青苔，是有着思想灵魂的青苔。

心有月光

▶ 文 / 侯拥华

大自然的每一个领域都是美妙绝伦的。

——亚里士多德

一

喜欢坐拥窗前，目投中天，让月的冷辉在视野里慢慢铺展开来。如一轴画卷，在眼前徐徐舒展。

看流光飞瀑，落一地洁白的银。那乳白色的月光真美，有凉凉的风裹在光亮里。有时，月却被笼在云层里，隔着一层薄薄的纱，散发着朦胧的光，有淡淡的羞涩与忧伤。

此时，清风明月，对酒当歌，洒脱不羁，自然美不胜收。

而独自一人，默然而立，也可美到心里。

望月，品的是一份心情。一种繁华落尽，寂寥于心的孤独。

二

目含明月，心有欢喜。轻合双目，让整颗心沉醉于那冷冷的清辉里。

那一刻，想必月光铺肩，清辉沐脸，点点光晕栖落在眉宇间。月光也映照在了心上，心中的湖，便在月光下泛起幽蓝的粼粼的光。

隔着时光的距离，远远地，你去看它、想它，心便宛如晃着月光的井水，在明暗交错中变得幽深、清冽。

三

望月，披一身月光。

此时，夜未必是静寂的，或许正歌舞升平、喧闹异常，可那颗决然的心，却可以避开尘世纷扰，独守一份安然与寂寞。如幽禁在幽深又寂寞的时空枯井里。那份安然有漠然尘世的孤独之感，那份寂寞亦有孑然而立的隐隐痛楚，而更多的，是一种平淡如水的安逸与寂寥。

即便安逸，也是一种“小”安逸，是小隐隐于野的片刻隐匿。是心灵从飞翔的天空落于平地时暂时的休憩，如一只飞疲的鸟，落于枝头，用喙修理自己有些凌乱的羽毛，以寻得片刻的休息。

即便寂寥，也是一种独然于世的寂寥。不必为夕阳唱一首挽歌，也不必为残花独自哀叹。只是在空旷的原野里四处瞭望，把目光投入更深邃的天空。

四

夜深人静，万物安澜，月在窗外。可窗帘是合上的，并不去看它。只打开床头的一盏橘色小灯，靠着床背，捧一本书浅浅地读，读着读着心便有了月光。

那月光，有时如诗句“床前明月光”，是豁亮的；有时如“东窗未白凝残月”，是朦胧的；有时似“月华如练，长是人千里”，是凄凉的；有时像“露从今夜白，月是故乡明”，是惆怅的。

月光在心。人可以在“梅花雪，梨花月”中引发无限情思，亦能在“月上柳梢头，人约黄昏后”的意境之中，意乱情迷。

五

心有月光，光更多是照亮自己。如在千里之外的江河，取一瓢清水，清洗一下心中那颗蒙了灰尘的心。又如在漆黑深夜里郁郁独行的侠客，即便行至深山孤岭，可心却一点也不惧怕。

总想，在有月亮的夜里走走，把亮晃晃的月光踩碎在幽幽的泥石小径上。这时，身后有猎猎长风刮过，将心中的尘世与烦恼卷到黑暗里。

心有月光，光不必那么热烈，不求那么明亮，最好不是浓郁的、芳香的。淡淡的，幽幽的就好。

醒

文/侯拥华

虽然我们走遍世界去寻找美，但是美这东西要不是存在于我们内心，就无从寻找。

——爱默生

一

我在初春的一个早晨，蓦然间看到一只掠过头顶的大鸟。注视它很久，直到它远去，不见踪影了，才收回茫然惊愕的目光。在掠过我头顶的那一瞬间，我从它的口中看到一根硕大的木棒。心里比划了一下发现那根木棒几乎和它的身体长短相当。那一刻淡蓝色的雾气还未完全散去，湿凉的气息正弥漫整个大地，它就那样衔着那根硕大的木棒虚无缥缈地消失了。

它是在搭窝吗？我问自己。这样一问，仿佛一整个冬天它都裸露在风中，过着瑟瑟发抖的生活，在煎熬中迎来春天。

于是，我开始关注起路两旁的树木，在光秃秃的枝杈间寻找着什么。寒冬刚过，那些树木还没来得及用层层叠叠的叶子装饰自己，撞入眼中的几个孤零零的鸟巢便显得异常醒目了。它们兀立在风中，几乎有一种摇摇欲坠的感觉，有几个，甚至干脆建造在由角铁做成的高压线塔上。

没事儿的时候，它们飞出窝子，树枝上以及电线上便停着几只鸟儿，像五线谱上静默着的音符。

那一刻，即便世界还像冬日那样沉默着，可那只衔着木棒的飞鸟却无声地惊醒了一冬的残梦。

二

一个春天的早晨，妻在厨房里大呼小叫起来。我从书房里急匆匆跑去看，她焦急万分地从橱柜里提出一个塑料袋子给我看。

原来，是家里的大蒜发芽了！干瘪的蒜瓣已经没有了汁液，叶子却绿得可人。

那满满一袋子的大蒜是父亲从乡下给我们带过来的，我们竟然把它忘记了，甚是可惜。看着眼前的一切，我笑了，安慰她，说那些没有经过任何化学药剂处理，也没有用射线照射过的大蒜，在这个春天里发芽了，自在情理之中。

虽口中这么说，可我内心却固执地认为，那不是发芽了，而是它们听到了春天的召唤，醒了。

我找来一个盘子，盛了清水，把它们摆放在里面，在悠闲的时候静静地看它们伸展开身子慢慢长大。世间万物就是这样，一旦醒来，你就阻止不了它蓬蓬勃勃的生长。

夜里，我做了一个奇怪的梦。梦中的自己浑身长出嫩绿色的芽，像一棵树那样，枝叶茂盛地生长着。

三

有人说，不要在冬天砍树，因为那些看似枯朽的树木，说不定会在春天重新焕发生机。

何止是树木，有些花草也是。秋天的时候，阳台上一盆玻璃翠忘了打理，枯萎了。我想把它扔掉，终究因为其他一些琐事而搁置了。待到春天的时候，妻子只用几碗水，花盆的泥土下竟然冒出一片绿芽来。妻子笑着说，那些枝叶枯死了，可根还活着。

人不也是这样?

许多时候，人生，只因一个念头，一点触动，便醒了。

四

有一段时间，夜里常常难以入眠。夜已经很深了，我仍然睁着眼环视这个喧嚣的世界，即便入睡，也是一夜噩梦。后来去看医生，他说，你太紧张了，睡觉的时候大脑还活跃着，该调整一下自己的状态了。

我想，那不是因为大脑太活跃了，而是一种固执的醒着的姿态。那段时间，因为生活和工作的一些事情，我如一只受了惊吓的小兔，时刻警惕着生命中的危机四伏。因为醒的太久，于是便疲惫不堪。

原来，醒着，也会成为一种痛苦。世间最为痛苦的人，就是那些醒着的人。

五

有一天，坐在书房里闭目审视人生，发现那些混沌者不一定全是头脑糊涂的人，而那些清醒者也不一定就是头脑聪明的人。

你看，那些聪明的投机者，与其说是醒着，不如说是还睡着——他们的人生路，总因为自己的一点小聪明而走成混沌一片。那些没有梦想或者已经失去梦想的人，人醒着，人生却在漫漫征途中沉沉地安睡。反而是那些不够聪明的人，因为坚守一个梦想或信念，把人生活出一片精彩来。

查百度百科，有这样一段文字解释“醒”字。

醒，动词，形声；从酉，从星，星亦声；“酉”与酒有关。“星”意为“半明半暗的状态”“星夜状态”。“酉”与“星”联合起来表示“从醉酒状态向神志清爽状态过渡”。本义：酒醒（过程）。

读过上面那段文字，我想，人生在世，也应该是一个从混沌到醒的过程。你不能一生都混混沌沌，只有心醒了，才活得明明白白清清楚楚，有意义。不然，虚度年华，枉过此生。

我想，真正的醒，是信念安在，爱心依存，梦想还活着。

只有内心深处的觉醒，才是真正的醒。

夜

文 / 琪琪

最高贵的心，有着最高贵的满足。

——斯宾诺莎

独守一盏明灯，一间空房，在这寂静又深邃的夜里，无声地，悄然淹没在广不可及的黑色中。

窗外只有屋里透出来又投在地上的亮光，除此，还有许多寂寞又沉重的四野。屋里，独有一个人和一盏灯相守。心境也独在此时会空旷、幽幻、渐远，没入思想的边缘。

是冥冥中的沉睡，又在沉睡中安然地醒来。四壁的墙和苍白的纸页，会映出一张生动有变化的脸。

一个人坐在明灯照耀下的桌前，或轻闭双眼，或微启眼帘，慢慢地让光流入沉沉的心底，又让心淹没在漫无边际的深夜。在这一个寂寥的夜里，我独自端坐在属于我的小屋里，空守着一份属于自己的夜。

那会是一份怎样的夜？除了单薄还有厚重，除了单纯还有丰富，除了宁静还有灵动，除了快乐还有伤痛，除了黑暗还有光明……然而，更多的时候还是孤独，还是寂寞。

生命不也如这夜吗？看似简单却很繁杂，看似轻松却很沉重，看似顺利却波折不断。光明淹没在无边的黑暗之中，而我们眼前总不失光明。思想总在遥遥不及的远方，而我们又常常活在现实的眼前。黑与白的相间，死与生的相连。而无论生命怎样地丰富与快乐，我们的心仍然会如这夜般孤独和寂寞，不曾被真正地接近，也不曾被真正地理解，但我们依旧会穿行在这无边的夜里，心中仍会不失希望和美丽的梦想。

时光还在无声地流动，心念仍在无边地飞舞，夜色依旧很浓很浓，光亮在这屋里显得越加通透。坐在这灯下的夜里，我唯我又忘我，独自细品这夜的味，独自享受这夜的美了！

冬 鸟

▶ 文 / 袁恒雷

我的人生哲学是工作，我要揭示大自然的奥妙，为人类造福。

——爱迪生

立冬以后，几场冷空气让人们仔细地品味到了冬季的威猛，姹紫嫣红早已远去多时，留在街边路旁的是那些显得已有点呆板的未落叶的树，或者是几株只剩下枝杈的秃树，与行人们一起瑟缩着。这确实是这个季节应有的风景，人们能不出门就不出门了，在房间里吹热空调或烤着取暖灯，但那些露宿街头的树木呢？我在想，那些五彩缤纷的繁花绿叶肯定是躲到一个我们不知道的地方过冬去了。有些花是一定要在春天来临时才会露面的，而另一些则选择夏天和秋天，对季节的选择，忠贞地如同对待自己心仪的爱人——你就是我的唯一，矢志不渝。那些被寒风吹去色彩的树木，我看不出它下一季的嫩芽将会开在哪里，但无疑，它们都在树干的母体里冬眠呢！春暖花开的日子，在寒风的凛冽下显得是那么遥不可及，似乎这个季节最是让人们纠结的等待，人与树木心头的热望都要学会按捺住方好，这样一个漫长的沟壑，不可指望一蹴而就的。

多亏了我们身边有群可爱的精灵，这些美丽的鸟儿是不会挑拣季节的。四季的天空都有它们驰骋的身影，即便再冷的天气，它们都要出来溜达溜达，唱唱小调儿，这使得我们在色彩单调的冬季，无疑平添了许多活力的元素。

当我在公园里漫步的时候，会偶尔在长椅上坐坐，看看那些与人们亲近和善的鸟儿，它们跳着啄食人们手里的食物，兴头来时，轻拍翅膀跃上人们的肩头，引得人们哈哈大笑；还有一些鸟儿停在枝头上左顾右盼，单调的树枝上，因有了这些美丽鸟儿的停留，枝干上迅即点缀出流动的风景。鸟儿落在哪棵树上，哪棵树便成为人们争相拍照的景观。但更多的鸟是盘旋于天空中，叽咕叽咕地说着话，温柔得似是在谈情说爱。在这个寒冷的季节里，人们都愿意有活泼好动的生命来让生活增添色彩。公园里的河流似乎在泛着一层薄薄的水雾，因为寒冷，水似乎都流得缓了。鸟儿们却没有管天气的变化，它们一样在高歌，一样在盘旋，它们是自由的精灵，和平的象征。我终于明白，人类为什么在重要的庆典末了都愿意放飞鸟儿，因为它们让人即便在阴冷的时候也会感到温暖、看见阳光、心生希望。

在人们居住的小区里，鸟儿们也时常爱在那里面观光，有时你觉得它们好像是在排演什么队列呢。在两栋楼房之间，它们一会儿向左疾驰，一会儿又向右俯冲，队形不断翻转着：有时三队，有时两组，有时众鸟大集合，有时又有几只鸟成了编外人员，可不一会儿又融进了集体。我在下面呆呆地望着，就像摸不到天空的鸟儿一样，也摸不到它们的思路。最好看的是它们的集体翻腾，当它们用腹部洁白的羽毛擦拭蓝天的时候，那种震撼是无法用言语来描述出的壮美，如同一个瞬间展开的大花团，使人禁不住想跳跃，想欢呼，想鼓掌，却又不敢奢望重来，能看到一次就很好了，何必那么贪心呢？

冬日里，看到的最多的鸟儿还是麻雀，若是在夏天，这样的麻雀聚在一起肯定会发出恼人的噪声。可在冬天凄寂的背景里，任凭它们再怎么叽叽喳喳，都变成软耳细语了。麻雀也爱集体行动，在这树上研讨一会儿，又呼啦一下飞到另一棵树上晒太阳去了。真是一种躁动不安的鸟啊！在这棵树上还没坐热屁股呢，马上就跑到另一棵树上玩去了，明显是这山望着那山高嘛！也许是疏朗的枝条让它们欢欣雀跃了吧，觉得每一棵树都是它们的地盘，每一棵都想尝尝占有的滋味，那应是它们不愿说出来的秘密。

它们一起飞起来的样子非常漂亮，腾空起来时仿佛是一群小逗点，“唰”地一下又在另一棵树上落下来，上上下下地成了那棵树上的新树叶，但这些新树叶是会动的——不用风吹就会动，嘴里叽叽咕咕的鸟语，仿佛是在对新占领的地盘评头品足，不知道鸟儿们眼中的一棵树会是什么模样，这的确让人心生许多好奇呀！

没有了花叶与果实的树木就是脱去了名称的树木，我已分不清哪棵是石榴树，哪一棵是桑树、柿子树——好多树也便成了一种树。这时，鸟儿们无疑成了免费的花果，它们飞到哪棵树上，哪棵树便都又结满了花果。寒枝上的鸟雀，可不比那些五彩缤纷的石榴、桑葚、柿子显得差啊！

有时候在人行道上也会偶遇三三两两的鸟，缓步游走着，或一跳一跳的，行人匆忙的脚步它们熟视无睹，即便是走到跟前，它们也没有躲闪的意思。让我们感谢鸟儿的信任，鸟儿们的行为就是我们的镜子——照着我们的善和我们的面容。

在这清冷孤寂的冬日里，感谢鸟儿的不离不弃，如果没有它们的相伴，冬季无疑会显得拖沓与漫长。是鸟儿的翅膀翻热了冰冷的空气，使它变成了一池涟漪的活水。

夜色中的观前街

文/袁恒雷

心灵纯洁的人，生活充满甜蜜和喜悦。

——列夫·托尔斯泰

我想，来到苏州，无论是求学的、打工的、旅游的、经商的还是访问的，凡是得了空闲，首选逛的街肯定是观前街。

在人们的概念中，观前街主要是指“玄妙观”所在的这条街，它也是这个商业区的主街。夜色降临后，人们在街上悠闲地散着步，男人、女人、小孩子、老人家，摩肩接踵地走着，却不喧哗，给人的印象是那么的安逸祥和。东西走向的观前街应有半里多长吧，其间只有慢悠悠的旅游观光车允许通过，所以你可以安安稳稳地在街心踱着方步，而无须为交通安全而担忧。

一家家店铺的灯光璀璨夺目，铜的、布的、黑漆金字的招牌，一行行地排列在你的头上、身旁，制作得那么精致，使人忍不住想伸手上前去触摸一番。姑苏土特产的玻璃柜，亮晶晶的在繁灯之下发着光，照得柜内的茶食果品通朗地映入人们的眼帘，似欲伸手招致人们去买几色苏制的糖果茶叶带回去品尝。店家明码标价，童叟无欺，许多店铺如“采芝斋”“三万昌”“稻香村”“叶受和”等都是上百年的老店了，信誉与质量都自不必说。

这里可以满足所有老百姓的要求，无论是近乎有些奢侈的“美罗”“金鹰”等高档消费品店，还是呼喊“跳楼价”“吐血价”等非常夸张的“地摊货”日用商品店，只要你觉得合算，你总能找到属于你的那份满意。

在观前街上这样左顾右盼地走着，走着，真的就像在一所五彩缤纷的游艺园里畅游。如果赶上了元宵节时的猜灯谜，那又是一番热闹劲儿，观前广场上会扯起一条条的线，线上系着一条条谜语。人们或坐或站地猜着，若是觉得猜出来了，兴奋地跑到兑奖处应兑，猜不中的话就折回去接着来，猜中的话会有小奖品，无非是小梳子小镜子之类的物品，可人们却乐于享受这简单的喜庆。

广场中央搭建了临时的舞台，平江区的大叔大妈们在上面忙活着，因为这上面是主要兑奖区，大叔拿着话筒与下面来应兑的群众对答着，若是猜中了，大妈们就敲锣打鼓地闹闹，在这里兑出的谜语多是与苏州地区的风物有关，想必是借此机会在全国乃至全球游客面前宣传宣传苏州吧！

也许在观前街上散步，我们时常会觉得拥挤，但我想，这种拥挤反而是观前街的好处呢！她将你紧紧压住了，仿佛是夜晚做了一个紧张的梦，攥紧了拳头放在自己的胸口；她将你亲热地抱住了，一如与爱人的身体温暖地相拥，她将所有的宝藏，所有的繁华，所有可人的动人的东西，一股脑儿地陈列在你的面前——就在你的眼前，相距不过三尺的距离，那么真切，那么动情地彰显着，由不得你不向往、不沉醉、不迷恋。如果她也像别的都市的商业街那样的宏伟阔大，那么我们的观前街就失去了她独有的特色——那种亲切繁华的况味，你将永远感受不到这种紧紧地箍压于你的全身、你的全心的温暖而馥郁的情趣了。

白天我们走在上面，觉得人怎么这么多、这么拥挤，而夜晚的她——在此时，正体现出人多的好处、妙处来了：你在看人，人也在看你——你的左边是一位打扮入时的漂亮姑娘；你的右边是一家手手相牵的人儿；你的前面是一两位步履蹒跚的老苏州，或是一口吴侬软语的姑苏妇人；你的后面是一个或一群背着旅行包、穿着牛仔裤的金发碧眼的西洋人——你的周围都是人，都是没有关系的没有关心的最驯良的人，你可以慵慵懒懒地迈着方步，一点也不用担心什么。

若是走累了，饿了，渴了，那更是来对了地方，你几乎可以找到所有的风味，无论是外国的肯德基、麦当劳、必胜客、巴西自助，还是国内的川菜、东北菜、湘菜等菜系，或者拥有苏帮名菜的得月楼、松鹤楼，要么是极具江南特色的“朱鸿兴”“五芳斋”“陆振兴”“观振兴”的苏式汤面馆，你都可以轻松地找到——太监弄就是一条美食街，如果你只是想品品夜宵，喝杯茶水而已，那也有地道的茶馆在街里面。在二楼喝点正宗的碧螺春，吃些茶点，听听评弹昆曲，看看窗外苏城的夜色，那真是爽哉，快哉阿！

周围鳞次栉比的店铺，一个接一个的招牌，不断闪耀的灯光，茶点与香水的味道，真的会使人有些眩目，已有些辨别不清头上的月亮，和那忽明忽暗的星光，看不清那一丝一毫的黑暗的夜天。因为她使你不知道黑暗，她使你忘记了这是夜间，这已是一个不折不扣的“不夜城”。

小巷深处

▶ 文 / 袁恒雷

心灵反映生活，面貌反映心灵。

——巴尔扎克

我站在巷口，踯躅再三，终于跨足走进了那条我陌生却又向往已久的小巷。身后，抛下车水马龙繁华若市的街道。

踏在厚重的青石板上，我慢慢踱步，怡然沉浸于那片古朴与宁静中，走着走着，慢慢走出身后那片熟悉的喧闹。

巷很深，人很少，天已暮，我并不识路，蓦然，一种不安的思绪缠绕心头。我回首，内敛大方的白墙黑瓦，青灰色的方石小道，倚墙而立的老树，沉寂在暮霭中，如此古朴而美好。那是我所渴望却不能把握的地方，走下去，我无措；退出，却更不舍。

天渐渐沉暮，我穿过一条又一条连绵的小巷，掠过一处又一处美丽的风景，只是，心中已不再安然。我不安地看着如迷宫般穿插的路口，没有一处能让自己有熟悉的感觉，没有一处可让我找到回去的方向，我想，我已迷路。

眼前，有熙熙攘攘的人从身边走过，他们熟稔地踏过脚下的青石板路，那条串联着他们生活、早已融入他们生活的路。不像我，茫然地站在十字路口，每一次的跨出都是一次试探，每一次的举步都是一次选择，如此艰难。

画面好似定格，身边川流的人群，不断地擦身而过，独留我在中心，彷徨，焦灼，如此格格不入。

我轻叹，只得挪动脚步继续寻找，脚步早已没有起初的安然悠闲，而带着焦灼踏过脚下的青石板路，一次一次，渐次狼狈。

这般美丽的小巷，此时走过的应该是那个撑着油纸伞宛如丁香一般的姑娘，而不是拎着一大把购物袋一脸焦灼的我。

我似那个鲁莽的渔夫，踏入了不属于他的世外桃源。

我终于走到了尽头，可惜，不是出口，只有一户人家。雅致美丽的小家别院，袅袅升起似溢着菜香的炊烟，欢声笑语，那般幸福，而我站在一边，恍若隔世。

在那一瞬，我在想，如果当初知道踏入这个美丽小巷的结果，是让自己更加清醒地发现自己的不属于，我会不会放弃这个美丽的尝试？

也许，依然不会，虽然迷失，就算是错误，但梦想的美丽足以让我跨出自己的脚步。

我最终找到了出口，回到了那熟悉的喧闹中。一边是幽静古朴的小巷，一边是热闹繁华的街道，一片天地，两个世界。我站在巷外，茫然若失。

虎丘不断四时花

▶ 文 / 袁依纯

心灵有时应该得到消遣，这样才能更好地回到思想与其本身。

——费德鲁斯

明清时期，虎丘和山塘一带花农特多，除进行自产自销外，同时还是一个花卉的跨省际的交易市场，更多的花卉品种和更充分的花卉货源，保证了虎丘花卉的四时不断。《清嘉录·卷六》这样记叙："珠兰、茉莉花来自他省，熏风欲拂，已毕集于山塘花肆，茶叶铺，买以为配茶之用者，珠兰，辄取其子，号为'撇梗'。茉莉花，则去蒂衡值，号为'打爪花'。花蕊之连蒂者，专供妇女簪戴。虎丘花农，盛以马头篮，沿门叫鬻，谓之'戴花'。零红碎绿，五色鲜浓，四时照映于市，不独此二花也。至于春之玫瑰、膏子花，夏之白荷花，秋之木樨花，为居人和糖、春膏、酿酒、钓露诸般之需。百花之和本卖者，辄举其器，号为'盆景'。折枝为瓶洗赏玩者，俗呼‘供花’。”

外省来的多以江西为多，这种长途跋涉的花卉交易买卖，在明末就已具相当规模，明人王稺登的《虎丘花市茉莉曲》具体而又生动地描绘了这种情况：

“赣州船子两头尖，茉莉初来价便添；公子豪华不惜钱，买花只拣齐屋檐。”

“卖花伧父笑吴儿，一本千钱亦太痴；侬在广州城里住，家家茉莉尽编篱。”

“章江茉莉贡江兰，夹竹桃花不耐寒；三种尽非吴地有，一年一度买来看。”

王稺登（1535—1612)，字伯谷，先世江阴人，少时从父居虎丘山塘半偈庵，晚年筑室城内锦帆泾，万历时曾昭修国史。擅诗书画，于文征明后领袖吴中文坛，有《王伯谷全集》存世。

这三首绝句选自他的《三吴采风类记》，“赣州”在明代为府，治所即是今天的江西省赣州市，那里盛产花树。明朝周文华《汝南圃史》记载：“茉莉花等花树，今江东及吴地所有，皆从江西载来，唯赣州者尤佳。舟行路远，率用磐糠入盆底，取盆轻易。”

这种两头尖的船适宜装花运花，由于是远方来的美丽花卉，又逢上一个已具有相当规模的姑苏花市，其价钱自是添了又添，因为人们多爱新鲜的东西。姑苏这“最是红尘一二等富贵风流之地”，公子小姐当然“不惜钱”，所以买起花来也是蔚为壮观，专挑大花树买。

第二首前两句极写花事之盛。“伧父”，亦作“伧夫”，指鄙夫、粗野汉。陆游《老学庵笔记》有言：“南朝谓北人曰伧父。”“吴儿”即是吴中的少年。“一本千钱”，在山塘花市上，外省运进来的有一种花篮，里面盛茉莉等鲜花，中嵌磁盂，可燃灯或养鱼，号称价值千钱。清人石韫玉有诗曰：“司花有女卖花郎，千钱一花花价昂。”最珍贵的，要数点缀新年春景的虎丘“唐花”，也叫“窨花”，相传始于唐代，故名。其法置花于密室中，以粪肥、硫磺灌溉，用沸汤熏蒸，经宿则花放。常和玉兰、碧桃和牡丹等置室内几案中，称“玉堂富贵”。远来的“伧父”看到吴中的少年不惜花如此大的价钱买在他们眼中不值钱的花，他们怎么能不偷笑呢？在广州城里，这种茉莉花遍地都是，都用做编篱笆。但“伧父”就是“伧父”，殊不知其中有市场规律在发挥作用，赣州广州等地的不值钱的花卉，再经过长途运输后价值早已攀升，再加上虎丘花市的运作，自然价格猛增。

第三首的第一句明显运用了互文的写作手法，如同白居易的“主人下马客在船”、王昌龄的“秦时明月汉时关”，“漳江茉莉贡江兰”即是说明两地均盛产茉莉花与兰花。漳江在江西省的南部，流往广东大庾岭，贡江流往福建省武夷山地区，两江汇合处的赣江，就是盛产花树的地方。夹竹桃是喜热性的植物，而当时这三种花吴中地区还没有自己产出，所以只好每年都从更南的地方“进口”。

当时，阊门外的山塘、虎丘以及通往枫桥的十里水路，帆樯云集，米船主要泊汇在上津桥、枫桥一线，而花船则叙塞在山塘河，所谓“花船尽泊虎丘山”。清代画家兼诗人蒋宝龄在《吴门竹枝词》中也说：“苹末风微六月凉，画船衔尾泊山塘；广南花到江南卖，帘内珠兰茉莉香。”

这样繁忙的局面，到清代中后期依然没有太多的改变，珠兰、茉莉等来自闽、粤南方的热带花卉，它的市场需求为苏州人所了解后，因而也迅速移栽成功，珠兰、茉莉、白兰、玳玳成为苏州著名的地方土特产。到这个时候，吴地有了自己钟爱的花卉，也就不用花那些冤枉钱了。

云朵之上

文 / 顾晓蕊

无言的纯朴所表示的情感，才是最丰富的。

——莎士比亚

花儿半开的年纪，我穿行在烟雨氤氲的青石小巷，被街头飘荡着的西部歌王王洛宾创作改编的《在那遥远的地方》《半个月亮爬上来》等民歌清美悠扬的旋律所吸引。就是从那时起，我向往有一天走进新疆，沿回荡着驼铃声的“丝绸之路”，去感受西北边陲神秘而独特的气息。

及至今年盛夏，我在朋友阿君的相邀下前往梦中的远方——新疆。短暂晕眩的不适感后，飞机抵达万米高空。我紧攥座位扶手，掌心微汗，眼帘半合。邻座的阿君忽地一声低喊：“快看，好美的云。”我抬眼扭身望去，机窗外白的云、灰的云、灰白的云，在空中自由游荡，千万朵云牵着挽着，推着挤着，交汇成一幅水墨云海画卷。

如同地面上没有两片相同的叶子，天上也不可能有两朵相似的云，它们各有各的姿态与偏好。有的如雪白的蝴蝶，挥动着一对透明的大翅膀；有的如柔粘的棉花糖，看得人想美美地咬一口；有的如飞腾的天马，不知它究竟要奔向何方；有的如抛散出的渔网，一条银白色肚皮的大鱼猛地从中跃起……或简淡空灵，或苍凉凝重，千形万态，且变幻无定。

我们观赏着多变的云朵，美到深处，如坠梦境，从一个惊叹滑向另一个惊叹。阿君感叹道："可惜我不会写诗，要不然我真想给每朵云写首诗。"我因激动忘却了身体的不适，被她的话引得"嗤"地一笑。她随即正色端坐，缓慢地吐诉起一段往事。

阿君曾是个心性要强的人，凡事都求个完美、圆满，每天不停地奔忙。但到底是病倒了，腰椎、颈椎出了问题，除配合药物治疗外，医生嘱咐她卧床两个月。她望着苍白的天花板，内心悲凉又绝望。出院那天，不经意地抬头，瞥见天边一朵流云，那么轻盈、美丽，倏地湿了眼。那些年间，她只顾低头匆匆地赶路，竟忘了抬头看云。

她在山脚下购得一间房，租了片地。逢节假日，开车回乡下，种地，看云，过起田园生活。以往只顾拼命努力地工作，追求优雅的生活，现在才知道真正的优雅是从心里长出来的，是身在低处，心在云端。她说从一本旅游杂志上看到新疆，吸引她的是那些湛蓝天空上的云，以及像云朵一样悠闲游走的牧民。她的话让我感到很羞愧，心之所往、梦之所在的地方，却也等了那么久。

不得不叹服古人造字的智慧，"疆"字中的"三山夹两盆"，隐意新疆的地域特色，如果说昆仑山、天山、阿尔泰山环抱着的塔里木盆地、准噶尔盆地如两汪深邃而沧桑的眼眸，湖泊河流便是它流转的眼波。在这片古老而神奇的土地上，冰川雪山与森林草原辉映，戈壁大漠与湖泊河流相望。

我曾经游历过一些地方，在山心静，在水心清，到了这里才发现新疆天宽地阔、湖光浩渺，有着别处无可比拟的美。这种美是让人沉溺的，让你甘愿一点点陷下去，陷下去，知道了什么是摄人心魄。每到一处，在导游的催促下，我和多数游客一样忙着拍照，想留住美的瞬间。从拍出的照片上看，每一处风景都离不开云的映衬，云时远时近，忽明忽暗，却“浓妆淡抹总相宜。”

阿君很少拍照，悠然地走着看着，或是坐在草地上，静静地仰望蓝天。我替她着急：“美景当前，不多拍些照片，会留遗憾的！”她回道：“万千风景尽在眼中，错过才是更大的遗憾。”细想也是，人生所有相遇，都是深深浅浅的缘分。世间的风景，一旦经过我的眼，入了我的心，便已是我的了。

茫茫的戈壁滩一眼望去萧瑟、辽阔，透着远古的苍凉气息。悠悠的驼铃声湮没在历史的尘烟中，夕阳的余晖在天际处燃起一团火红，给云朵镶上金边，又渐次晕染开来，幻化出令人迷醉的景致。“蝴蝶”的翅膀粘上了华丽的金粉，“棉花糖”似要被晚霞渐渐融化掉了，“天马”成了飞奔的枣红色骏马，至于那条“大鱼”，我总认为它会开口说话，用三个愿望交换自由之身。

雪山圣洁，湖泊吉祥。在巍峨连绵的天山山峦间，缕缕淡云如飘带般萦缠环绕，在山峰间舞动游走。可以想见如果没有了云，山该有多么寂寞。有了云雾的装点，让静默的大山有了灵气，增添了些许神秘的意境。水因山而含情，山得云而灵秀。远眺着山谷间炊烟袅袅的洁白毡房，以及低头吃草的牛羊，我甚至疑心它们是天上掉下的云朵。

云在青天，水在瓶，并非说云只能待在天上。一朵自由行走的云，在湛蓝的天空中从容飘荡、简单、无邪。忽一天云有了心事，变得心思凝重起来，化身为雨露霜雪，成为落入尘间的精灵。原本洁来，还须洁去，它们有着共通的气质，纯净、淡泊、随性、自然。我羡慕一朵云，那么坦荡和自由。我愿依心而行，对一朵花微笑，为一片云驻足，以喜欢的方式，活出更好的自己。

在新疆旅游，你会觉得时光慢下来，这里昼长夜短，晚上十点多钟天依旧清亮。我半倚在床头，目光看向窗外，一朵流云飘过眼前，我与它相对而望。终是抵不过困意，朦胧中我变成了那朵云，千里之外谁在默念我的名字，而我又是谁心头一生的洁白？那夜，我感到浑身通透洁净，回到生命的本源。

草木智慧

文 / 顾晓蕊

无所事事并非宁静，心灵的空洞就是心灵的痛苦。

——库柏

下了大巴车，沿着一条清幽的小路向前走，两边芳草萋萋，空气中飘荡着草叶的青涩和花朵的馨香气息。我在一片白桦林处停下，几乎是奔跑着冲进树林中。这里距被称为“中国第一村”的图瓦人村落禾木村不远，与那些原始古朴的木楞房屋，隔着一条碧波湍流的禾木河。

从布尔津出发前往禾木村的路上，不时看到夹在云杉、冷杉、雪松间的白桦树，它那挺拔光洁的“林中少女”身姿，岁月印刻在树干上深情的“眼睛”，轻触着我的心，但隔着车窗一晃而过，让我着急又浮想不断。跨过木桥，来到这片宽阔处，与美丽的天使树迎面相逢，让我陡然间心生欢喜。

进到白桦林中，我被一双双幽潭般的眼睛吸引，深深地迷醉了。

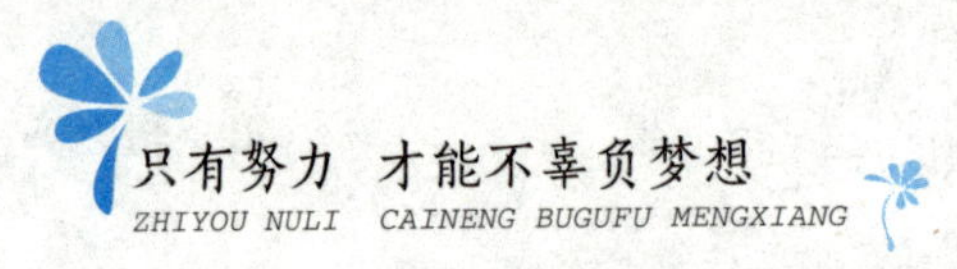

那些黑色的弯形节疤，如好看的丹凤眼，眼角微微上挑，嵌在光洁直挺的躯干上。那是些怎样的眼神啊？或深邃忧伤，或温柔沉静，或坚忍笃定……每一丛目光都纯真、澄澈。树叶翠亮，鸟儿啼啭，阳光从镶翠的树梢上筛落下来。一弯浅溪从林中缓缓穿过，倒映出树的倩影，好一个秀美、多情的临水照花人。

林中的白桦树有几十或上百年树龄，却依然身形如少女，有着不老的容颜。它们之所以被时光遗忘，相传与爱情有关。成吉思汗西征路上，大军休整时，一位士兵在白桦林中遇到美丽的牧羊姑娘，两人一见倾情。誓言还没来得及说出口，战士却战死沙场。姑娘把思念刻在白桦树上，一双双眼睛是她永远的守望。

悲伤的故事令人心碎，可在我看来，刻在白桦树上的思念，已超越爱情，是比爱情更宽广的爱。桦树皮晒干后是中药材，祛除百病，连它忧伤的眼泪，也被称为“森林饮料”。它深情缱绻的眼睛，望向更远的远方，与世人的目光接壤，悲伤的泪，化作一汪柔情。

一树攒动的绿，是一树无声的歌啊！白桦树的宽厚与博大，使它将伤痛深掩于时光背后，以一种优雅的生命姿态，越过寂寞、苦寒与萧瑟，成为不老的神话。我更愿相信，是爱，让它的眼波永远清冽灵透，一如少女。

如果说白桦树无私的爱，濯洗着我的心灵，让我感受到凄美中那充满希望的等待，那么见到豪迈粗犷的“大漠硬汉”胡杨树的刹那，带给我的则是另一种震撼和惊叹。

在克拉玛依的乌尔禾区，一片荒凉的戈壁滩上，我第一次见到胡杨林。远看一棵棵胡杨树，虬枝盘曲，苍劲古朴，屹立于天地间。它们变幻成各种形态，如龙、如马、如虎、如狼……像活物般朝你奔涌过来，奔涌过来。

从汉唐以来，一支支骆驼商队曾行走在这条偏远的丝路上，伴着叮当的铃铛声，近了，远了。驼背上的人早已化为一抔黄沙，而被肆虐的狂风吹打撕裂的胡杨，依然屹立在荒野，将枝干努力地向上延展，伸向空阔的苍宇。人注定只是匆匆的过客，它们才是这片大地上的主人。

我轻轻地走近，用目光摩挲着刻满岁月沧桑的树干，细细地，一寸寸地看着，越看越心惊。你看，这一株胡杨原已干枯，树皮干瘪、粗糙，树的另一侧却长出新枝，挂满鲜绿的叶子。那株雕像一般的胡杨，拦腰而断，树枝被剥离一光，露出白骨般的树干。它却死而不倒，挺起一身硬骨，留住最后的尊严。

再往里走，有几株枝叶青郁的胡杨。细看一棵树上竟有三种叶子，有的狭长如柳，有的圆润如杨，有的清逸如枫，分别意味着少年、中年和老年。刚才还眉眼纤细的少年，斜倚春风笑，一转身，便是隔世相望，尘霜扑满面。

胡杨树耐旱、耐寒、耐盐碱、耐风沙，是悲壮大漠中的英雄树。我一次次地抚摸着它们，指尖滑过树干，仿佛触到大地的脉搏，倾听到久远的呼唤。有一种力量蔓延而来，传遍我的全身，不由感叹自然界中生命的顽强、坚韧以及永不放弃的爱。

在戈壁与沙漠中行走，我的目光还不时被一些低矮的植物牵动，它们是随处可见的骆驼草和红柳。在连绵起伏的沙丘上，一蓬蓬的骆驼草，根连着根，叶牵着叶，形成散落或密集的草团。那点点苍绿，在空茫的戈壁中，显得格外醒目和壮观。

骆驼草又名希望草，钢的茎，剑的叶，倔强地向空中舒展着。外表看起来如此纤弱的植株，它从哪里积攒这么大的力量？原来骆驼草根系发达，在黑暗中逶迤着，水有多深，根就扎多深。它们既生于斯，长于斯，便从不气馁，亦无怨怼，智慧而从容地活着。

在戈壁荒原上，如果你看到一团团燃烧的“焰火”，那便是妩媚的红柳了。清朝才子纪晓岚曾写诗赞道：依依红柳满滩沙，颜色何曾似绛霞。一簇簇红褐色或粉红色的花，米粒般大小，开得细碎而稠密。它们在青碧的枝头上摇曳着，跳跃着，似红雾涌动，又绚如落霞。

风吹来，花如潮水般起伏起来，这才知道什么叫“花潮”，有潮的那种气势。若在公园或河边见到这般景致，倒也寻常，可这是极度干旱的荒漠之地，怎不叫人钦佩称奇呢？

红柳的根须蜿蜒于地下，最深可达二三十米，能防风固沙，是沙地中的“铁娘子”，它的枝叶还可入药。红柳的坚毅与淡然，让我想起那么一群人。在寂寥的旷野中，总会遇见许多白色的“大风车”，不知倦怠地旋转着，它的背后是无私坚守的电力人，他们也是扮靓戈壁的“红柳”。

我发现与这里的草木对视，需要一些勇气，每次遥望凝思，都是一次对心灵的叩问。草木是有思想，有大智慧的，在黄沙漫卷的荒野大漠，它们懂得顺应自然，随遇而安，并竭力将根扎深扎牢，尽显生命极致之美。由此而想，在草木面前，人显得那么庸常渺小，理应谦卑些，再谦卑些。

丝路探幽

▶ 文 / 顾晓蕊

美的事物是永恒的喜悦。

——英·济慈

一提及新疆，我脑海中就会升起一幅图景——黄昏，一抹残阳的映衬下，沙漠中高低错落的沙丘被染成亮橘色，驼队像古商道上的一个个音符，串成史诗般的丝路天歌。丝绸、皮毛、玉石、珠宝、香料……经丝路抵达远方，物品的交换，心灵的碰撞，文明的交汇，令我对这片古老的土地充满好奇，想去看看。

到达乌鲁木齐已是中午，安顿好住处后，得知新疆博物馆距此不远，我和朋友当即徒步前往。到了一个陌生的地方，我喜欢参观当地的博物馆，从几千年的沧桑与辉煌中，遥想它的前世今生。

说到丝绸之路，绕不过去一个人，那就是西域丝路的开拓者张骞，梁启超称其“坚忍磊落奇男子，世界史开幕第一人”。

2000多年前，大汉王朝最繁荣的时期，匈奴猖獗，汉武帝为联合大月氏夹击匈奴，征募使者，张骞果敢应征。公元前139年，张骞率百余人从长安出发西行，途中被匈奴所俘，幽禁，诱降，十年血泪与屈辱，不移其节。后逃出继续西行，终达月氏，几经周折返回长安。

有了这次“凿空”之旅后，张骞第二次出使西域，这才有了丝路的贯通，有了都护府的设立，有了一统西域，有了屯垦戍边。我在张骞策马西行的画像前驻足，他略显清瘦，剑眉，长髯，跨马披战袍。一个人，心要有多辽阔，才可一壶饮尽过往，心里盛下风云万象。

自那以后，这条从古都长安经河西走廊抵达西域的古商道上，商旅络绎于途，马蹄声、驼铃声不断，一派热闹盛象。塞人、汉人、匈奴人、羌人、乌孙人、大月氏人、鲜卑人等众多的部落民族，在西域聚居生息。历经千年遗留下的古城烽燧、石窟寺庙、神秘岩画、古老墓葬，似乎诉说着湮没在烟尘中的繁华与纷争。

馆中展出的明清服饰和汉唐织物，有动物、花朵及吉祥图案，色彩华美，制造精湛。难怪丝绸传入古罗马时，受到贵族们的热捧，不惜用黄金换购。尼雅遗址出土的织锦护臂，织有“五星出东方利中国”，是汉式织锦的最高技艺……看着看着，我隐约听见历史深处的跫音，迫切想重走丝路，去感受异域风光。

翌日清晨，我们乘车前往吐鲁番地区，到了位于鄯善县城南的库木塔格沙漠。乘坐沙漠观光车，在一处陵墓前停下，听说是楼兰公主陵，很是古朴壮观。我仰头四望，阳光如火舌般轻舔着大地，热浪翻涌，扑绕而来。经年风蚀的沙丘周边，一排排沙浪无声地涌动着，形如羽毛，如水波，如鱼鳞，如蜂窝。这里是古丝绸之路必经通道，因其鬼魅热风，加上路途险远，唐代称其为“大患鬼魅碛”。

为了体验“穷荒绝漠鸟不飞”的感觉，我决意骑骆驼登沙山。刚骑出十几米远，在阳光的炙烤下，我身上、脸上就沁出层层汗珠，如钻进桑拿间。我强忍蒸热，接着向前行，沙漠神秘、安静，带着几分孤淡与忧郁。这沙堆中掩埋过无数驼马的枯骨，又有多少戍边的将士、客商，独饮离愁，穿行于空寂大漠。

抵达山巅时，有风吹过，送来些清凉。沿着山脊绕行，能看到精美的沙雕作品，经一双双灵慧的手，一粒粒沙子“站”了起来，有了生命。偶尔见有人将身体埋进沙里，仅露个脑袋，乍看吓一跳，居然是在做沙疗。酷热又无情的沙漠，有着我所不知道的柔情。或许也是因此，时至今日，仍有人甘愿放弃过眼的繁华，与大漠为邻为友。

离开沙漠后，我们去了《西游记》中唐僧师徒到过的火焰山。“赤焰烧虏云，炎氛蒸塞空；不知阴阳炭，何独然此中。”我曾从唐代诗人岑参的诗中，一次次地想象它的奇幻瑰丽，到了火焰山，仍被眼前的情景惊怔住了。

绵延数百里的火焰山，山体呈赤色，依沟壑蜿蜒，宛如游走的火龙。我站在山前，热气阵阵袭来，如烤如蒸，心里腾起一团火。更令人想不到的是，毫无生机的死一般沉寂的火焰山，山间的吐峪沟大峡谷却终年流淌着天山雪水，水流过处，两边一片葱绿。负有盛名的吐峪沟千佛洞位于峡谷一侧，开凿千余年，壁画、佛像、经书等大都被损坏或洗劫，只能从残破的洞窟，遥想当年梵音缭绕的画面。

彼时你会觉得，离汉唐很近，仿若看到客商穿往，聆听到佛乐悠扬。张骞来过，玄奘来过，岑参来过，还有一茬一茬的驼队，都留下了亘古的痕迹。途中看到成片的古墓地，当地人称为麻扎，是圣徒的安歇之所。大峡谷南边是“中国第一土庄”麻扎村，那些黄黏土建造的房屋，已静静矗

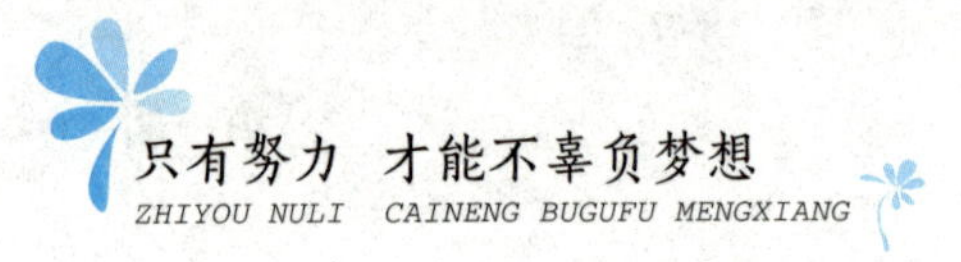

立几百甚至上千年。

行走在维吾尔族古村落，你会觉得时光那么慢，慢到几乎被遗忘。古树、土墙、河流、囊坑、晾房……它们静立在时间之外，迎送着每个晨昏日落。路上遇见赶着驴车的白胡子老人，清逸削瘦，一脸安详自足的神情。还有身穿艾德莱丝绸长裙的年轻姑娘，一弯睫毛如水草，掩在幽潭般的明眸上。丝绸不再是贵族的专宠，已成为寻常人家最喜爱、最常穿的衣饰。

有的民居院门半敞，我朝里张望，镂空式的木格窗，雕有花纹的壁龛，色泽艳丽的挂毡，绿荫匝地的葡萄藤，无不显示着主人的简朴、宁静、自然。在喧闹的都市里，我遇到过各色目光，冷漠、孤傲、狡黠、贪婪……在这里，不论老人还是孩子，男人还是女人，目光都如水一样纯澈。与这样的目光相对，我的心也变得简单清净。

我们又去了高昌古城，搭乘驴车穿行其间，这里曾是高昌回鹘王国的都城，如今已一片废墟。从城墙、烽火台、可汗堡、佛塔，等等，依稀可辩昔日的辉煌。我还去看了古老的引水工程坎儿井，人逐水而居，水是生命之源，古人的坚韧和智慧令人叹佩。这几处景点匆匆一览，见暮色渐拢，我们便乘车返回乌鲁木齐。

丝绸之路是条由古迹串起的璀璨的珠链，我们见到的仅是几颗散落的珍珠，然而从中能感受到古时踏上丝路，意味的是趟艰难凶险的旅程。随着新疆成为“一带一路”核心区，公路、高铁陆续通行，物流蛛网式的连通，以及电力、通信、管网等设施的跟进，在不久的将来，丝路将由千古天堑变为坦途，成为人们向往的贸易走廊，想想真是件美好的值得期许的事。

返程路上见一片湖泊，泛着幽蓝的光，如坠入凡间的蓝月亮。导游说那是盐湖，人在水中可漂浮不沉。这片奇异的土地上，究竟还藏有多少秘密？离城市渐近，星星点点的灯光点缀在幕布般的夜色中，大漠古城与文明社会相交替，让我有种穿越时光的感觉。我期待还能再来这里，相信会有更多惊喜的发现！

人间净土

▶ 文 / 小黑裙

大自然从来不欺骗我们，欺骗我们的永远是我们自己。

——卢梭

陶渊明笔下的桃花源，是多少文人雅客向往的身心和灵魂的栖居地，这般佳境想必是可入画，可入诗，亦可入梦。而现实中确有这么一处纯净美丽的地方，那就是被唤作“塞外桃花源”的喀纳斯。

我们早上四五点出发，从乌鲁木齐到喀纳斯，有十几个小时的车程。我被车窗外不断变幻的风景吸引，浑然忘却了行途的遥远和疲累。

车奔驰在高速公路上，两边寂寥的戈壁滩、亮白的盐碱地、散落的沼泽、零星的草甸子等交互闪现。晨曦的阳光静静地，柔柔地，由深至浅，一圈圈地晕染其中。我恍若置身天然的画廊，左眺右望，唯恐错过了某处风景。

车戛然停下，导游下车转了一圈，回来说：“前面的车撞死了一头野骆驼，它躲过了难熬的寒冬，却没能躲过一场意外。从前这里可以看到成群的野骆驼、野马、野羚羊，如今很少见了！”我探身望去，见倒地的骆驼如小山，挡住半边路。车绕过前行，忽旋起一阵风，极似叹息。

到达布尔津时暮色渐起，这里以红顶白墙的欧式建筑居多，沿着窄街漫行，好似走进梦幻般的童话小镇。我们在此歇息一晚，次日清晨起身去往喀纳斯。

这一路的沿途林木幽深，溪水流淌，与来时的荒寂景象完全不同。西伯利亚系的红松、落叶松、云杉、冷杉等汇集成青郁的密林，峡谷间有大片绿罗裙般的芳草。草地上有几座哈萨克族毡房，远看像朵朵白色的“大蘑菇”。

过了贾登峪，沿喀纳斯河向北，到了最有名的三道湾——卧龙湾、月亮湾、神仙湾。每一道湾处，导游仅留给五分钟拍照的时间，匆匆一览，却令我神迷心醉，再也忘不掉它们的“容颜”。

卧龙湾湖心有一小岛，形似蛟龙，静卧在碧水中，像是在安详地休憩。月亮湾如一枚月牙形绿宝石，镶嵌在山涧丛林中，绿得清润，绿得翠亮。再看那神仙湾，绿水环抱的一个个小岛，被腾绕的雾气浸润着，透出纯净至美的灵性。

我们继续行进，到了喀纳斯湖。喀纳斯为蒙古语，有说意为“美丽而神秘的地方”，也有称“可汗之水”，是阿尔泰山上融化的冰川雪水汇流成的天然湖泊。站在岸边远眺，湖水在阳光的照射和淡雾的映衬下，一片绿，一片蓝，或深或浅，忽淡忽浓，真是秀美极了，清逸极了。

喀纳斯湖如弯月形的豆荚，我总疑心会有豆子欢快地蹦出来。同行的朋友笑着说：“你可看好了，没准会钻出个水怪呢。”

相传喀纳斯湖中有巨型水怪，有一种说法称水怪乃是浑身赤红的大哲罗鲑鱼，当然这只是传说，没有人见过它的真容。不过在我看来，一个湖

如果没有传说，就像一个人没有过去，会缺乏沧桑与厚重感。

我们登上一艘白船，沿湖缓缓行进，两侧青山雪峰，宛若进入仙境。湖面上倒映着澄碧的蓝天、洁白的云彩、如黛的山峦、挺秀的树木，像是一幅绝美油画，人坐在船上，似游走于山水画卷中。船舷激起的水波，将画揉皱、挤碎，仅一瞬又舒展开来，愈发清美出尘。

远远的，一阵歌声踏水而来，听导游说是哈萨克人用冬不拉弹唱婚礼歌。他还说水岸边正举行婚礼，哈萨克族信守纯洁、坚贞的爱情，离婚率近乎为零。他们唱了一曲又一曲，听上去古朴、奔放，难怪说“骏马和歌是哈萨克人的翅膀”。

船停靠岸边时，我仍沉醉在风景和歌声里。随后我们去寻访神秘的“云中部落”，他们是居住在喀纳斯河谷一带的图瓦人。

喀纳斯村、禾木村、白哈巴村是中国仅存的图瓦人村庄，现有居民两千余人，对于图瓦人的身世，当地人认可的说法是成吉思汗西征时留下的后裔，蒙古族的一个分支，保留着自己的语言和独特的风俗。

我们去了喀纳斯村，一进到村中，看见一排排的木楞房，轻轻袅袅的炊烟，使人感觉误入桃花源。当地人长年住原木小屋，以游牧、狩猎为生，在清水畔，在丛林间，在诗情的月光下，过着原始简朴的生活。

我们脱去鞋子，围坐在牧民家的地毯上，桌上摆有酸奶、奶疙瘩、酥油、馓子等，可随意品尝。好客的女主人端上自家酿的马奶子酒，唱起祝酒歌。她说这酒“打腿不打头”，当地有人能一气喝十八碗，放下碗，仍能跃马纵驰。一杯杯美酒入口，暖心又暖胃，让我体味到一个民族火一样的热情。

门外进来位穿戴新潮的年轻人，是“旱獭乐队”的队长迭力克，为我们吹奏苏尔。苏尔是古时的胡笳，用一种芦苇杆制成，别看它只有三个音孔，在乐师手上，却能吹奏出风声、雨声、树叶声、流水声、动物的吼叫等上百种声音。

一曲终了，又进来三位乐手，怀抱着马头琴、吉他和大鼓，表演起《黑走熊》《图瓦故乡》等曲目。最令我惊诧的是呼麦表演，声音从喉底发出，像是从极遥远的地方穿山渡水而来，伴着低沉粗犷的琴声、鼓声，声声入耳侵心。

图瓦人认为万物有灵，敬畏大山，从乐曲中便可听出。或许在他们看来，岩石是山的骨骼，草木是山的秀发，大地是山的肌肤，流水是山的眼波，而大山千百年来也一直护佑着这里。牧民们得以依山而居，傍水而生，用乐声与大山对话。我沉浸在美妙的音籁中，听得心醉了，人也痴了，不知天上人间。

之后迭力克的一番话，却让我心中生出柔软的疼痛。他说随着当地旅游业的不断扩充，给古老文化带来冲击，苏尔和呼麦这种高难的吹唱技艺已没人愿学，“音乐活化石”面临失传。

我脑海中出现了那只倒下的骆驼，它或许只是想越过公路到一汪小水塘边饮水，微小的愿望却化为残梦支离。旅游帮助牧民增加收入，但也带来喧闹与浮躁。庆幸的是，听导游说政府已在采取措施，比如说增设野生动物救助站、湖区限定游客人数、抢救整理民间乐谱，等等。

多数图瓦人除本族语言外，还会用蒙古语、汉语、维吾尔语、哈萨克语交流。当然不会也没关系，在这片大地上生活着的人们，心灵如雪山上的白雪一样高洁纯净，只需一个眼神或动作，便彼此意会，连语言也显得多余了。

喀纳斯的一山一水都是诗，一村一景皆入画，它们和这里的人一样，都是有灵性和智慧的。但愿这片净土能亘久留存，若某一天，我们不堪俗世的烦扰，可到这里放空自己。于秀山碧水间，观山岚，听风吟，品香茶，洗尽心尘。

童年打核桃

▶ 文 / 王举芳

宁死也不接受我以整个的心灵所反对的东西。

——杜伽尔

“七月核桃八月梨，九月的柿子乱赶集”是我们这里的农谚。

那天，去赶早市，竟然看到了新鲜的带着绿色果皮的核桃。卖核桃的是一位老农，我问：“核桃熟了吗？按节气好像还不到时候吧？”“这是新品种呢，早熟的，不信，你尝尝。”说着把一个砸开的核桃递给了我。好香！如童年亲手从树上打下的核桃，有一种特别的香。

记得小时候在乡下，我们村外的山半腰生长着一小片核桃林，因为是野生的，所以那里的核桃是全村人共有的，但平时核桃生长的季节，没有人去“打扰”那些核桃树。秋天来的时候，正好是农历的七月间，核桃熟了，沉甸甸地压弯了枝头，等待着人们去采摘。

“白露”一过，我们这些“小馋孩”就再也坐不住了，于是三五成群，相约去打核桃。

灵活机敏的男孩子负责爬到树上，他们脱掉鞋子，用双手紧紧地抱住核桃树，身子猛地向上蹿，像猴子一样哧溜哧溜地爬上树。站稳后，把接近手边的核桃先连枝扯下，那些够不到的，就只好用杆子了。打核桃的杆子是专门做的，就是在杆子顶端绑上镰刀，这样会省很多力气。

女孩子负责在树下捡核桃，红扑扑的小脸仰望着高高的核桃树，像极了一首歌中所唱的："高高的树上打核桃，谁先打到谁先尝，谁先打到我替谁先装……"捡到核桃后，我们这些女孩飞快地找到一块干净平滑的石头，磨掉核桃上的青皮，用石头砸开核桃，里面露出白白嫩嫩的核桃瓤。核桃瓤上面有一层薄如蝉翼的"衣裳"，用手轻轻剥掉，把"嫩的出水"的核桃瓤放到嘴里慢慢咀嚼，一种脆脆的香就溢满了口。这可馋坏了树上的男孩子，他们站在树上大声喊着："真不像话，不出力的倒是先尝鲜了。"树下的女孩子则回应他们一声声银铃般的笑声。

树上的青皮核桃如雨般落下来，树下的女孩子提着篮子，低头弯腰，仔细捡拾，无论是荒草堆还是石头窝，都不放过。在树下拾核桃也是件"危险"的事，稍不注意，头上"嘭"的一声，核桃就打在了脑袋上，来一个重重的"教训"。

核桃打得差不多了，树上的男孩子猴一样轻捷地滑下树来，帮忙捡拾核桃。有的核桃会流出汁水，染得人的手黑糊糊的，很难洗掉，可惜我们白白嫩嫩的手就不是手了，像极了乌鸡爪子。

核桃背回家，妈妈有时候会拿到集市上换些钱，有时候就放在家里，作为我们"解馋"的零食。

记不清有多长时间没有打过核桃了，也不知道家乡的那片核桃林还在不在……

藏在花生里的暖

▶ 文 / 王举芳

> **你失掉的东西越多，你就越富有：因为心灵会创造你所缺少的东西。**
>
> ——罗曼·罗兰

回乡下老家，一进门就闻到花生的香味，赶忙抓起一把，剥开一颗，粉红的花生米闪着温暖的光泽，吃进嘴里，久违的香味立时沁满心脾。

我喜欢吃花生，源于童年的习惯。

童年的秋天，花生成熟的季节，地里的花生拔了运回家，“花生盛宴”就开始了。摘一些新鲜的花生，洗净，带壳放进锅里煮，母亲说这样煮熟的花生容易消化吸收。

煮熟的花生捞出来，母亲会分成几份，我们姐弟每人一份，她和父亲一份。当我们风卷残云般吃完属于自己的那份时，父亲和母亲共有的那一份花生却还基本没动。我们望着父母亲，眼睛不时盯着那些花生。这时候，母亲总是说："真馋啊，比咱家的小花猫还馋啊。"然后把花生分给我们。拿着额外得来的花生，我们姐弟吃得很珍惜，剥开，放进嘴里，慢慢地咀嚼，慢慢地咀嚼……花生的香浸透了身心。

其实我们的馋源于花生的少，母亲不舍得煮很多花生给我们吃。那些花生母亲有很多安排。

城里的亲戚来我们家，临走的时候母亲总要给他们带一些花生，亲戚乐意接受，他们说花生不仅是一种美味的零食，还具有药用价值。

"花生怎么会是药呢？"我很好奇。

"花生用处可大了，比如霜降过后，人容易胃痛，吃一些花生，能养胃暖胃。还有花生中的蛋白和氨基酸能提高记忆力，还能延缓衰老呢。"听了亲戚的话，我望着那些白白胖胖的花生，恨不得"一口吃成个大胖子。"

大部分的花生要用来拿到油坊里换成油，供我们一年的食用。还要挑拣出那些籽粒饱满的作为花生种，留到春天播种。剩下的极少的一部分，才是给我们享用的美味零食。

母亲除了给我们炒花生米之外，最常做的是把花生米和青豆放在一起，加入八角、盐等佐料一起煮，煮好了，再切些西芹等，滴入少许香油，一碟香喷喷的凉拌花生青豆就做好了。是父亲的下酒好菜，也是我们解馋的"良药。"

父亲去世后，母亲一个人坚持种着那些花生地，只为我们能吃到香喷喷的花生。母亲对我格外关照，总是给我多一些的花生，不仅仅是因为我馋，更是因为我秋冬季时胃老是隐隐的不舒服。吃了花生，便觉得心安胃暖。

两年前的春天，母亲也离开了我们，而后的秋天，花生成熟的季节，我便到集市上买一些鲜花生，吃着吃着，吃出满眼泪水。

婆婆说：“你喜欢吃花生啊？”我点点头，我说我秋冬季节胃总是不舒服。婆婆把花生放在簸箕里颠净杂物，又把那些花生妞儿一颗颗挑出来，装进袋子里，说：“吃完了再回家来拿，自家地里种的，吃着放心。”

秋阳暖暖，剥几粒花生放进嘴里，一股特有的清香沁入心脾。隔着岁月遥远，那些藏在花生里的暖，依旧未改变。

雪花饼

▶ 文 / 王举芳

哦，雪白的纯朴具有何等大的威力！

——济慈

夏日黄昏，和女儿去郊外闲逛，路两旁的国槐白花如雪。女儿说："妈妈，你看槐花开得多么洁白，真像雪花。""嗯，是的，槐花就是这般洁白如雪的。"我轻轻说，怕惊动了槐花的洁白。

老家的院子里，也栽着两棵国槐树，每年农历六月，稠密的花骨朵一串串从碧绿的叶子间探出来，如孩童那纯真的笑脸。

那时的时光是慢的，槐花骨朵在风里轻摇着，却不着急盛开，我仰着头，盼望看见它如雪的容颜。终于，槐花开了，如雪、似云，纯净、洁白。

母亲找来杆子，绑上镰刀，举到槐花间，就那么扭两下，几串槐花便离开了自己的家，落到了地上。我捡起一串，细细看，那些散落的花瓣，仿佛一层雪，在阳光下闪啊闪的。

母亲把槐花洗干净，放在碗里，撒上一点盐，拌上少许面糊，锅里放清油，稍煎，一张槐花饼就成了。母亲称它为“雪花饼”，我说为什么叫雪花饼呢？母亲说：吃了雪花饼的孩子，会有一颗雪一样透亮晶莹的心灵，还能在炎热的夏天不觉得热。小小的我，拿起雪花饼狼吞虎咽，谁不想有一颗漂亮得如同水晶一样的心呢？谁不想把夏天过得清凉些呢？

我抬起头，望着树上的槐花。槐花一串串挂满枝头，像一串串洁白的雪灯笼。

女儿高兴地叫着：“妈妈，你看，多像雪洒在叶子上！”依稀恍惚间，我仿佛又回到了童年，闻到了“雪花饼”那独特的味道。于是去最近的一座农屋借杆子和镰刀，想扯几串槐花回家给女儿做雪花饼。

农屋里只有一位老太太在，六十多岁的样子，她拿着杆子和镰刀，热心地帮我扯槐花，她说槐花虽香但不能多吃，特别是过敏体质的人更要注意。她一边扯槐花一边絮叨着，像极了母亲。

她挑了最好的槐花给我们，把那些散落的带回家，说要做槐花饼吃，我不禁心头一热，是不是她的槐花饼和母亲的雪花饼有着异曲同工之妙呢？

拿着槐花回家，放在桌上，默默看着，我只能这样沉默，因为我的母亲，她再也不会为我做雪花饼了。我学着母亲的样子，精心仔细地为女儿烙“雪花饼”。

槐花如雪，透着一股微凉，清明纯净，像极了谁的心。

叶子的启示

文 / 芳心

美丽的心灵是那种博大、开朗而又准备容纳一切的心灵。

——蒙田

忽然想出去散步。“那就走吧”，我对自己的双腿说。

街上的行人不是很多，次第响起的汽车鸣笛声依然说明这里是城市。

信马由缰，我在城外的一片树林边停下脚步。这片小树林我曾来过很多次，我注视着每一棵树，像在寻找什么。我知道：我是想在枝头看到一片树叶，而目光所及，只有寂寞的枝枝杈杈。

弯下身，拾起一片枯黄的落叶，它没有了一点生机，却是安然的模样。我把它安放在一棵树的枝丫上，阳光照在叶子上，也照在我的手上，有一股温暖。我仿佛看见这枚枯黄的叶子又恢复了往日的生机勃勃。

枯黄的叶子，也是了不起的生命啊。它把希望留给新生的嫩芽，自己甘愿化作一粒尘土……

春天，第一缕春风吹来，你就张开毛绒绒的眼睛，仿佛一粒粒珍珠散落在树枝上，在暖阳里闪啊闪，叫醒百草，告诉它们：春天来了！

你迅速长成一片嫩叶，在初夏的太阳下浮绿泛金。对于尚显柔弱的你来说，夏天是你幸福成长的季节，也是你最易遭受侵蚀的时候。因为风雨总会在不经意间来袭，有些害虫还会咬噬你不成熟的心……幸好，你还有很多伙伴，你们一起织成浓密的青荫，彰显着不可摧折的力量。

仲夏时节，蝉鸣在你的浓荫下长啸，你听着它们快乐的歌唱，翩翩起舞……

一场秋雨过后，天气转凉，蝉儿的歌声越飘越远，终于隐没了声迹，取而代之的是秋虫在低低地吟唱。你的绿意，在不知不觉中变换了容颜，终于变成一片黄叶，在秋末的冷雨里无力地垂挂着。

一夜北风紧吹，凌晨已不见你的踪影。只看到枝丫上你留下的那抹“牙印”，我知道，你已凋落在地上一个未知的角落，也或许你把自己埋在泥土中了……

你的坠落，决不是毫无意义的。正是这片片黄叶成就了片片绿叶，塑造了树一年又一年的盎然生机。叶子的诞生与消亡，就是一场生命的轮回。生命渐尽，回归大地，这是生活在地球上的万物相同的归宿。

静听手中的叶子轻轻诉说着那些远远近近的时光，就像一位禅人的清言，在娓娓叙说着前世和来生……

第二辑

Chapter Two

途中的根

▶ 文 / 尹喜梅

泥土把美丽丰富的色彩给了花朵，而保持着自己的质朴。

——佚名

离开故土有许多年了，那种对故乡人情风物的怀恋愈来愈重了。我还很年轻，远没达到那种沉浸于对故乡往事回忆的年龄，但家乡的那些农舍、溪流、树木、花草、菜园及眉豆架、黄瓜花上闪动着太阳光的小水珠都会让我深深沉醉于其中，使我久久不能忘怀。

回想着某一个月光清澈明亮的夏夜或飘着麦香的清晨，我站在沉实浑厚的土地上，环望着生我养我的村庄及空旷辽阔的村西大洼掩埋祖辈的坟茔，那种说不透的情绪和感慨，使我泪流满面。正缘于此，我虽身居热闹的城市，每年都要回老家小住几天，那里有古朴纯洁的乡野之风和十足的地气养育着我，教我那单薄的身躯和清洁的思想如何游移在城市的狭缝中保持那一份未泯。

城市，这一个极具有诱惑力的字眼尤其在当代闪烁着最无比的光芒。它的种种好处和神秘使人向往着并想努力得到它。上小学的时候，老师在课堂上对我们述说城市印象：吃的牛肉面包、住的楼上楼下、用的电灯电话。这激发了我和我的同学们的学习热情，梦想着这些东西会属于自己。随着年龄的增长，我曾为我的那个想法感到耻辱，甚至有些荒诞可笑。

这只不过是感性中的城市一面而已，而更理性更审慎地则意味着一个人必须承担的一些责任，拒绝那些来自不同场合的浅薄诱惑，恪守人类尚存的一些良知，维护被人类肆意践踏的精神家园，还有作为人生存在所具有的最起码道德准则——人性。这些责任者在当代人中已很难找到它的志同道合者了，还有多少后来人成为他们的同志呢？承受，本身就意味着一个人的精神带有彻底的悲壮行为，然而，我们究竟还有多少人需要这种行为和精神呢？

我之所以不厌其烦地多次写到我的故乡，并把那里的一切描绘得那么美好动人，是因为我的血液里流淌着来自故土纯正的养气，故乡在我心中牢牢地维系着我生命的根。想想老家里的事情吧，那里的空气是多么清新滋润，土地是多么富有灵气，一切的花草树木在大自然的恩赐下点缀得那么恰如其分。孩子们在那里抓蝴蝶、抓蜻蜓、逮蚂蚱，还可以到小河沟里抓鱼、逮泥鳅，等等。

到了秋天，可以随便拾上一把柴禾和那些捡来的黄豆、地瓜，架到一个土堆上去烧，那该是何等的妙事呀。你看那些水灵红润的小脸蛋，就有一种说不出来的温情充盈在心底。可城市呢？它留给孩子们的是什么呢？孩子们的生存空间连成人们也感到有些窒息。那些小鸟的蹄啭、青蛙的歌唱他们能听得见吗？甚至有一天我突然想到：孩子们也会像当年的知青们一样犯下同样的错误吗？当孩子们面对绿汪汪的麦苗时，是不是也会惊奇地喊道：呀，这么多韭菜！

这一切已经没有多少人再思考，因为这一切已变得无足轻重起来。“时间就是金钱”在一些人心中已变成了另一种含义和解释，在媚笑献俗和甜言蜜语流行的时代，谁敢再做一个不识时务者呢？现在，我越来越感觉到做一个纯粹的作家和诗人是多么令人钦佩的事，面对这些堕落和腐朽，他们做出了真诚的呐喊，然而，这呐喊的背后，我隐隐感到了一丝的悲哀。

我们可以从许多书本中读到关于生生死死、坚贞不渝的爱情故事，来自爱情的力量会震撼着每一个人的心灵。可以说这种爱几乎带有野蛮的力量，但这爱是贞洁的。你可以想一下，在故乡的每一个村村落落，小河旁、麦秸垛旁、玉米高粱地头或多少个月夜，孕育出了多少真挚的爱情啊。

然而，今天，在我的故乡，这种爱情似乎很少见到了，一切均来自金钱的力量，把这些美的事情都扭曲变形了。进一步，对于城市，爱情似乎更显得苍白无力，物欲横流的城市，人们除收获金钱和虚伪之外，还有多少人能收获真正的爱情呢？站在城市高高的楼顶上，你能看透月光的淡薄宁静吗？走在城市的马路上你能踩出自己的脚印吗？飘荡在城市的每一个角落，你能感到有一条来自故乡的根在系着你吗？

对于家乡，我把它描绘得那么美好而又令人神往，这使我对这种描述有点内疚。我对故乡人进入城市后变得如此迅速精明而感到惊讶。而在这种精明的背后，他们这一群人是以出卖道德、良心为代价而付出的。尽管如此，我还是依旧留恋故乡，留恋那里的花草树木及它们赋予我的启迪，那里有我精神家园的最后一片净土，我有责任和能力守住它，并为此付出我的生命。

我又一次来到了村西大洼，在空旷辽阔的土地中，我一眼就认出了掩埋祖父的地方，那里已没有一点痕迹了，祖父的坟茔上面已被农人们劳作得非常精细，上面长着茂盛的麦苗。我坐在祖父坟茔的麦垄子上，感到这隆起的土垄就像祖父的道道胸肋，尽管它周而复始，新生或者被毁灭，但都以它的坚韧和血性支撑着一代又一代的生命。

走在回家的路上，想到我长期生活的城市，对这城市突然有些怜悯起来。不管在城市如何，我都不会丢失故乡所赋予我的纯洁善良、诚实本分，我不知道，在人生的旅途上，一个人如果丢失这些根，那他的生命还能维持多久。

三月桃花天

文 / 程倩

每个人的心灵深处都有着只有他自己理解的东西。

——列夫·托尔斯泰

出了正月，人们觉着没有几天的时间，转眼间就到了三月。三月天，天气渐渐暖和起来，各种树木仿佛在一夜间摇身一变换了模样，光秃秃的树干上就长出了碧绿或嫩黄的叶子。那些粉红的毛茸茸的桃花、杏花、雪白的梨花的气味，把农家的院子渲染得香气扑鼻。

姑娘们把裹了一冬的棉衣棉袄换上鲜亮的单衣，这才忽地发现，过了一冬，身子长了不少，增添了不少神秘。她们打闹着、取笑着，把那一份欣喜和羞涩埋在春日萌动的心里。于是，随手掐朵艳艳的桃花插在头上，便有一曲动人的小调随着春风的荡漾，飘向田野的深处。

人勤地不懒，正月里往麦地里撒的粪和上的化肥，经春上的雨水一滋润，使上了劲，麦苗说起就起来了。满坡里望去，到腿弯一般高的麦苗在春风的吹拂下，一个浪头赶着一个浪头，碧绿中闪着光亮，让人看了，心里真畅快。这时节，人们开始忙碌起来，要到地里锄草，还要给麦子再浇一遍水，看看有没有虫子，是不是再打一点药。于是，就有各色鲜艳的衣服在麦田中来回晃动，把整个麦地打扮得花枝招展。

三月天就有了那份特别的情致和韵味。

忙过了几天，地里没了活，又是风调雨顺的年景，也就费不了多少心思再过问田里的事。男人们外出干活去了，女人们在家闲不住，就有热心肠的跑东家跑西家，给小青年说媒呢。婶子大娘大姐小妹叫得人心甜，耐不住那一番苦口婆心的劝说，当娘的开了口，说，领孩子来看看吧。媒人满心的欢喜，思衬着：这喜酒到底能不能喝上呢？

三月二十六是老家传统的古会，会前四五天就热闹开了。外地来的马戏团，戏班子，卖东西的都张罗着占地盘搭帐篷贴海报，好一番热闹景。十乡八里的人早耐不住，掐着指头算日子。老人们盼，小青年们也盼，然而却各有心事。

老人们自然要打自己的算盘，再过 20 多天就要割麦子了，这麦场上的家什趁会上该买的要买全。像叉子、扫帚、扬场木锨，等等，缺一不可。收麦是一年的重头戏，可马虎不得。到会上那一天，这些东西买齐全了，自然要到戏场子里听一听，过过戏瘾。像正宗的京剧、河南的豫剧、咱山东的柳琴、莱芜的梆子梁山的拉魂腔等，净是一些老人们喜欢的老戏。过罢戏瘾，天色尚早，才记起这一天还没吃饭，自然，那小店的白酒是不能不喝的，在店主悠扬的吆喝声中，酒一两一两地往桌子上添。

小伙子们赶会却是怀了另一种心思。没对象的想趁这三天的热闹劲儿能遇见一个合乎自己心思的姑娘；而有对象的则是希望能见到对方，也好有个互吐思念的机会。倘若俩人碰见了，便暗暗递着眼色，找个借口把自己的同伴甩开，俩人找个僻静的地方谈一些急于要说的话。小伙子拉着姑娘的手说：秋娟，你不想我吗？姑娘把手挣脱出来，红着脸说：头年里，你上俺家喝多了，俺哥都生你的气了。小伙子不好意思地笑着又说：俺娘捎信过去，春上把你娶过去来，你咋不同意？傻样，俺说了算？那……那就叫媒人催呗！

天色将近，黑色的帐幕在静寂之中悄悄地拉开，西边那一抹淡红正渐渐逝去。在这春风吹拂的傍晚，老人们三人一群俩人一伙正慢慢地往家赶路。他们肩上扛着新买的家什，那家什上面晃荡着从会上买的油条、猪肉、包子以及儿女们喜欢的布料。他们打着饱嗝，心满意足地有一句没一句地谈着。大哥，新买的叉子？哎，新买的；快割麦子喽？快了；这柳琴真不孬；对，是不孬。说着，便有一腔地道的柳琴腔有滋有味地唱出来。

经过一片水塘，平地忽地响起一阵嘹亮的蛙鸣声，这蛙鸣伴着三月飘动的麦香，在麦田深处回荡着。

人群里不知谁大喊了一声：用不了几天，就能吃上新麦面馍馍啦！

下雪天不冷

▶ 文 / 程广海

在一切创造物中间没有比人的心灵更美、更好的东西了。

——海涅

秋天的活计没弄完，转眼工夫就到了立冬。女人们盘腿坐在新被的一角，嘴里咬着线头埋怨着男人们的懒惰，嚷嚷着赶快把白菜萝卜弄家来，把秫秸垛起来。女人可着喉咙喊：二孩子，还疯跑，快来试试棉裤棉袄，快下雪了，冻死你！男人看着女人伪装恼怒的样子，伸着长长的懒腰在女人身上猛地拍一下，欢喜地去了。

干完活，再过一些日子，说着说着就到了小雪的节气。这时节，一年的农事基本上结束了。剩下的时间，人们在经历了一年的风吹日晒、辛勤劳作之后，该过些清闲的日子了。姑娘们忙着明年的嫁妆，给心上人备上些花花绿绿的鞋底鞋袜，好在婆家有一份炫耀的资本；婆娘们哄着孩子伴着男人做着散事，忙里偷闲搽上一把雪花膏，把农家的日子点缀得有滋有味；男人们则没有太多的活路，一膀子力气又使不出来，便使劲地甩着花花绿绿的扑克牌；而有心计的男人则把狗养得膘肥体壮，把猎枪擦得锃亮，单等着下雪天打兔子。

过了小雪，就是大雪，过了大雪许多日子，老不见下大雪，连菜籽般的雪也没下过一粒。女人们急，这麦子可坏事了；男人们也急，不下大雪，这一冬天白等了，还打什么兔子？这兔子肥了一冬怕是白肥了。男人们搓手搓脚，耐不住那一份躁动，牵着那狗跑了一天，啥也没打着，咋呼着：没有雪，这兔子肉怕是不好吃呢。

一觉醒来，外面早就铺天盖地地下起了雪。那雪如少女般带着温暖的气息，把大地染得香气四溢。那一片片毛绒绒的雪叠落在一起，把远处的庄稼近处的树及高低不同的房屋包裹得特别精致，让人不忍心去抚摩一下，只惊得你伸出舌尖去咂摸雪花的滋味。

不必说孩子们那撒欢的样子，大人们也嚷嚷着下雪了下雪了。这声音把许多人的倦意和懒惰冲洗得干干净净，人们心头多了一份欣喜和鼓动，这种气氛弥漫在村庄里，把许多人家的门叫开，在街上追逐嬉闹。随即，传来狗们的狂吠声，于是，猎人们提着那杆老枪往雪野深处奔去。

到了傍黑，雪还没有停呢，继续飘飘洒洒地落着。孩子们觉是睡不着了，女人骂也无济于事，邻居那边的厨房里正飘着浓浓的兔肉香气呢。过一会，女人端来热气腾腾的兔肉，连拉带扯地把这家的男人从床上拽起，你大哥单等着你呢。男人立马下了床，腰里掖着半瓶老白干消失在雪中。

下雪天是男人们极难得的喝酒日子，他们说下雪天不冷，我想这正是应了瑞雪兆丰年的说法吧。他们是高兴的，他们心底装着一团希望哩。几个男人围在一起，几杯酒下肚，心里敞快多了，话也多了。扯天文地理从古到今，扯谁家的媳妇闺女怎么怎么。在这落雪的日子里，他们细细地品味着老酒的味道，也品着日子的味道，盘算着今后的日子。醉了撒撒野，吐一吐心中的闷气，即便哭上几声骂上几句也无妨男子汉形象。毕竟苦苦劳作了一年，有什么不痛快往外撒就是了，只是，酒还得照喝。

只是少数心事很重的人，才会在落雪的静寂之中，细细听着那雪落的簌簌之声，一如母亲温柔的喃喃声，让人心颤不已。这声音似乎已等待许久，到今日才真切地感受到它的到来。外面的世界如亘古般寂静，只有心跳的声音，这声音使人感到生命的存在和价值。雪夜漫漫无期，无边无际，回想着往昔生活的艰难和坎坷，想象着落雪飞舞的样子，埋在心头的泪水洇湿了心房那一片圣洁的原野，于是迸发而出：雪，下吧，下吧。

我常常为生活在城里的人感到一种生命的悲哀，比方说，下雪天，他们享受不到这种大自然的情趣，城里的雪落下来很快被飞驰的汽车碾碎而变为泥水。落在城里的雪也很悲哀，它们被建筑物分割成一块块一线线一条条，可怜巴巴地落在楼群上和羊肠般的胡同里，完全没有乡村田野里那宽阔无垠的壮观场景。想一想，面对那无遮无拦无垠丰厚的原野，那雪来得如何潇洒去得如何坦荡，那该是一种怎样的豁达和豪迈呢？

从诸多情感因素来讲，我更喜欢农村的雪野，更希望冬天里多下几场大雪。因为下雪天能赐给人们希望和幸福，而最重要的是，下雪天，他们不会感到冷。

布谷布谷

▶文 / 老海

只有顺从自然，才能驾驭自然。

——培根

最初的信息是开在院子里的迎春花，那鹅黄般的花蕾在寒冬里绽放的时候，春天，已踏着轻盈的脚步悄无声息地苏醒了！

白马河两岸村庄的人们还在静度这冬春交替的季节，没有多少人注意或观察到白马河的变化，这时候河流的变化最初是悄无声息的、是细小的或轻柔的；后来，冰块已耐不住春汛的诱惑，河水在暗流中涌动着，踏着欢快的脚步，那些变得很小很碎的冰块轻轻地发出“咔嚓咔嚓”的声音，向下游奔去。两岸的大片麦地，经这一冬瑞雪的呵护，麦苗正舒展着筋骨，努力地向上伸展着一片翠绿。

这些细小的变化，包括田野中一块土的松动、一棵荠菜的发芽、一条柳树枝在风中的晃动，村庄里的许多人是不会注意到的。这时节，还没有出正月呢，年还没有跑远呢，女人们在一起说东道西，男人们聚在一起划拳喝酒，人们的心思正等着耍龙灯、跑旱船、唱大戏呢。而这时的父亲，早已看见了春那精灵般的身影！那个在他心中盼望了一冬的春，沸腾着，荡漾着朝他扑面而来。这一天，母亲正在给孩子们忙着吃喝拾掇家务的时候，父亲从西屋里把闲置了一冬的锄头、铁锨、小铁铲、镂耙拿下来，坐在院墙的一角不紧不慢地在磨石上磨着。

太阳懒懒地升起，阳光里有了些暖意，父亲在暖暖的阳光里，不紧不慢地磨着这些好久不用的农具。很快，那些农具上的锈没了，父亲那布满老茧的手指在闪亮的刀刃上来回划着，以此来试试那些好久没用的农具是否还锋利依旧，父亲看着在阳光下闪着光亮的农具，高兴地把烟蒂一甩，说："还是好家什！"

父亲的心永远属于那块与他朝夕相处的土地，那是他最亲近、最挂念的。当村里大多的人们还沉浸在过年喜庆气氛中的时候，父亲是村里过年后第一个下地的人。父亲下地从不空手，手里总要拿着那个干活的家什，那是他多年养成的习惯。今天，他肩上扛着一把铁锨，尽管他知道现在的季节可能还派不上铁锨的用场，但这样扛着铁锨的姿势和习惯，看上去，那才是一个真正下地干活的庄稼人。

走出村庄，一眼就看见白马河那长长的河堤，河堤下，是一块宽阔的麦地，这块麦地沿着河堤一直延伸到白马河的下游。无论春夏秋冬，父亲都喜欢看这片地，有时高兴的时候，就爬到白马河河堤上，掐着腰，欣赏他手里的十几亩土地。

父亲似乎不急于看自家的麦地，走进第一块麦地地头时，他蹲下来，抓起一把泥土闻了闻，然后捏了捏又把土撒开。扒开松软的泥土，嫩白的麦根又粗又长，正努力地向下扎着根，父亲满意地笑着："今年又是一个好收成。”他开玩笑地对跟在屁股后的狗说：“小黄，有兔子！”那狗顺着父亲手指的方向跑去。父亲和小黄在麦地里疯跑着，引来远处公路上几个过路人好奇的目光。

其实，春的源头远不止这些。从立春开始，雨水、惊蛰、春分乃至清明，这些季节的分水岭给我们呈现着多彩的变化图，让我们吸吮着春的气息，寻找季节带给我们的惊喜。

清晨，一阵轻柔的春风裹着袅袅炊烟，带着村庄特有的味道和气息，最先从村庄里刮起。它漫过村前的水塘，沿着白马河河堤和水渠的沟沿，掠过成排的树木，直奔麦地而去。几天的时间，整块土地几乎是瞬间就变绿了，田野里渐渐丰满起来，先是一棵棵，后来是一簇簇、一片片的荠菜、婆婆丁、二月兰、马兰头、蒲公英、茼蒿等布满了小麦沟垄、河边和整个麦田。于是，地里挖野菜的人多了起来。

似乎是不期而至，几只柳串儿在麦地里打着旋儿，贴着麦苗飞一阵子，落在远处的杨树梢上。紧跟着柳串儿的是布谷鸟，它们三五一群，或高或低地飞翔着，不时从麦地里传来阵阵“咕咕——咕、咕咕——咕”的鸣叫。不知是谁家挖野菜的俊俏媳妇惊喜地喊道：“是布谷催春呢！”

对，是布谷鸟衔来一缕春风，翠绿了干枯一季的花草树木；是布谷鸟嘹亮婉转的鸣唱，点燃了这春的万紫千红！

我要我想要的孤独

▶ 文 / 琪琪

人只有在独身的时候，才能安静自由地过活。

——赫尔岭

网络上，有人问寂寞与孤独的区别是什么？有人回帖说，寂寞是别人不理你，而孤独是你不理别人。这样的答案很形象也很贴切，如果这样去理解，孤独应是一种主动寻求自我相处的生活状态。

那么，在孤寂的深夜里，忍不住想找人聊天者定然不是孤独的，他只是寂寞了而已。因为只有寂寞需要排解与忍耐，如同生命中的忧愁，而孤独不需要。孤独是一种愉悦的享受，是安于且乐于自我处于不被打扰、陶醉其中的生命状态。那滋味像莲子，淡淡的苦中有淡淡的甜。

你见过深夜里郁郁独行的人吗？他刻意避开汹涌的人群，走一条偏僻小巷，甚至独自行走在空旷的铁道上，任狂野的冷风肆虐地吹，直到把他吹得透心冰凉。那时候，他的灵魂就飘在自由自在的风中。

你见过旅途中孤身一人的行者吗？在人潮之中，他表情淡漠，行色匆匆，没有结伴的朋友，只有背着行囊的单薄背影。他会绕开人群走荒无人烟的小道，去看一些别人看不见的风景。旅途劳累且单调，他默默无语，多少人世繁华都被风吹雨打去了，他只要那份行走中的孤独。

你见过伫立于繁华路口口若悬河的演讲者吗？他风姿卓立，表情丰富，用汹涌的语言和肢体动作同汹涌的人流对抗。你可以以欣赏的姿态停住脚步，向他行注目礼，洗耳聆听他的教诲。也可以置若罔闻，风一般与他擦肩而过。即便随口骂他一句，疯子，变态，都行。

他不去理你，连看一眼都不看，他视你为空气视而不见听而不闻。这个时候，他更像是狂风暴雨中的一棵树，风雨飘摇中岿然不动，风熄了，雨停了，他仍在原处。外部的世界有多汹涌，他内心的世界就有多汹涌。可是，在这样繁华的世界中，他竟然是孤独的——身外是一个世界，他活在另一个世界里。

你见过图书馆里那些面无表情的读者吗？图书馆里的宁静只是一种蒙蔽人的假象。在波澜不惊的面孔背后，是刀光剑影；是小桥流水；是乱世英雄的策马扬鞭；是滔滔江水的滚滚东流；是烟花柳巷里的莺歌燕舞；是繁华都市中的浪漫传奇……世间多繁华，他们的心中就有多繁华，世间多颓败，他们的心中就有多落寞。世间有与没有的种种，他们心中都有。这样揣测，那是一种忘我的孤独——把自己融入历史、融入故事、融入文字之中，忘掉现实中活生生的自己与活生生现实的孤独。他们自己呢？从现实生活中以一种看得见的方式，隐遁了。

你见过小酒馆里郁郁寡欢的独饮客吗？一碟小菜，几杯浊酒，自酌自饮。有的，闷闷不乐，喝至酩酊大醉，悄无声息，静静而归；有的，边酌边语，话至哀处涕泪交加，言至喜处哈哈狂笑，再后来，不喝了，斜支棱着身子摇摇晃晃站起，疯疯癫癫左荡右摆悠悠离去。那些哀伤与苦恼，作为旁观者，你看得见或看不见，听得出或听不出，都不曾触及你的灵魂。触动你的是那份难言的凉凉的孤独，像是寒冬里在野外摸着一块裸露在风中的铁。

你见过荒山野岭里与世隔绝的隐者吗？一座土屋，一院花香，与豺狼为伴，同花木作友。风雨年华里容颜暗换，风餐露宿中光阴飞转。他不语，看花开花落树荣树枯，他不歌，听风声雨声鸟鸣声——他悟自然大道，宇宙真理。那种孤独，是一种山河之美、草木之美、自然之美。那种孤独是温和与洒脱的，有一种陶渊明式的“采菊东南下，悠然见南山”的超脱在里面。

你见过自然界的孤独者吗？像苍鹰、猎豹、雄狮、老虎，孤独是因为它们足够强大。不与他人为伍，它们自己就是一个丰富多彩的世界。

世间真正的强者都是孤独的，孤独是通往强者的自我修行之路。像孤灯夜读书，像孤骑入沙场，在心灵挖一口甘甜的深井，在乱世闯一条峥嵘的血路。

孤独是“我”与“我”相处。有对话，有倾诉，有喜爱与欣赏，也有责骂与愤慨。那是一种自我疗伤，自我激励，自我批评，与自我教诲。

总有人寻求与众不同，于是他成了孤独者。在孤独求败中寻找通往成功与胜利的道路。

每一种孤独自有不同的人生况味。我想要我想要的那种孤独，过一种我想要的生活。

一个人的清晨

▶ 文 / 琪琪

> **心灵纯洁的人，生活充满甜蜜和喜悦。**
>
> ——列夫·托尔斯泰

一个人的清晨是在莫名中醒来的，带着夜的深沉，轻轻披着晨雾的朦胧，在拨开窗帘间的灰蒙中慢慢展现。

窗外，或许还是寂寞，也许还有大片大片的黑暗，然而，我们能听到树在大口大口的呼吸，花草也在揉着碧绿的眼睛，期待着能看到第一缕阳光的彩衣。梦，其实还依偎在心里，那些破碎与空洞的情节，不时会袅娜地在脑海里升腾。有时，我们会问自己：朋友是不是还在梦里？那些残存着情感记忆的片段仍在心中吗？以及，那些游弋在心海里的鱼，是不是正一点点吞噬着那些有些凌乱的心情？

一个人的清晨，有着淡淡如水的清幽，也如独自穿行在林中的清风——有些默默无声又无奈的寂寥。所以，只好听鸟儿快乐的啼鸣，看花儿一瓣一瓣地盛开，看阳光慢慢变得刺眼。

一个人，也许，会独自走在院子里，也许，会独自在街道的路上穿行，也许还在揉着惺忪的睡眼，继续做着昨夜的残梦……

只有，我们打来了水，静坐，掬一捧水的清爽，洗去夜留在脸上的风尘，让昨夜浮在心头的梦也慢慢融掉，一个人的清晨才算真正的到来。

然而，当清晨真正到来时，我们才发现世界其实刚刚明晰起来，才觉察出来，一个人的清晨其实与整个世界的清晨无关。它只关乎你一个人，它也只属于你一个人。

一个人的清晨，常常不是时间上的清晨，更多的时候，它是情感上的清晨，心灵上的清晨。也许，它在深夜出现，也许它在正午登台，也许它永远活在那个我们不知名的地点。

只有心灵醒了，一个人的清晨才真正到来。那个清晨，才真正属于你一个人。

在何方

▶ 文 / 燕子南飞

心灵有时应该得到消遣，这样才能更好地回到思想与其本身。

——费德鲁斯

想起这个问题时，似乎觉得应该是一个伪命题。但，转念一想，却不然。在何方，不就是问你何时在何地吗？可即便这样简单的问题，又有多少人能说得清楚呢？

静下心来，敛思细想，在何方，真不是一个简单的时间与地理的问题。即便是，要回答清楚，却并不是一件容易的事情。

少年的时候，襁褓之中，你定然不知答案。但是到了你开始蹒跚学步，蹦蹦跳跳的时候，你却以为岁月是永恒的，美好是永恒的，连父亲与母亲都是永恒的。仿佛你一直那么小，他们就一直不会老——青春永驻人间。你以为那些你爱的，以及爱你的人，会永远与你同在，一直活在你青葱水嫩般的年华里。没有历经时光的淘洗，没有寒凉人世的侵袭，温暖且明亮的岁月中，你以为你就站在世界舞台的中央，阳光、雨露以及爱总是时刻包围着你，众爱一身，万物敬仰。于是，你便陶醉其中，沉醉不知归路，在爱与时光的长河中慢慢长大。当然，有时也有一些小挫折、小打击，但不过像一场小噩梦，天亮了，便统统忘却了，不在心里留下一点痕迹。

早晨，出门的时候，你和小伙伴牵着手，蹦跳着，去寻找自己的乐园，直至夜幕降临，你们还沉浸其中不知返回。那时，一个简单的游戏、一块湿润的泥巴、一枚圆滑的石头、一条浅浅的河流，抑或是一股云烟、一片花香、一声鸟啼，都会紧紧牵着你的目光与思绪，让你流连忘返，忘记周遭世界的存在。那个时候你定忘记了时光匆匆奔走的脚步声，细雨开始落下来，打湿你的头发，鸟雀归巢了，站在枝头鸣叫，把夜幕一点一点叫成黑色。连远方，父母的呼喊声，都被你忽略了，那一刻，你怎知道你在何方呢？

青年的时候，世界的雨开始下得大起来，滂沱大雨、暴风骤雨、凄风冷雨，种种不一样的雨落在你的生命中，当然也有冰雹与暴雪闯进你的生活。在拥挤的人群中，为了得到一席属于自己的领地，你开始忘我奋斗与残酷厮杀。汗淌了一脸，血飞溅了一身，眼睛肿了，鼻子歪了，连牙齿都掉了几颗，可是那战斗还没有结束的意思，胜负没见分明，你还要奋不顾身地闯进生活的激流里。偶尔，你败下来，会一闪念想回到无忧无虑的少年时光，可是只短暂休息一下，多半时间你都在蓄势待发总结经验厉兵秣马，待找准时机杀他一个回马枪。如果胜利了，下一个冲锋就拉开了序幕。那时候生活总是充满变数，世界乱得一团糟。有时你沉醉于甜蜜爱情的浪漫游戏，有时痴迷于一掷千金的人生豪赌，有时纠结于纷乱如麻的人事关系之中无力抽身。进退维谷，万事缠身，那一刻，你怎知道你在何方呢？

后来，人生迈入中年，烦恼种种，伤痕累累，无常与反复开始时常打扰你的生活，你才开始觉醒。你知道，人生并不漫长，现在已经半场。胜负、输赢、得失，快乐与悲伤，光荣与耻辱等都曾在你的生活中降临，你开始学会宽容、学会从容、学会忍耐、学会沉下心来思考一些事情。可是人生就像夜晚在大海上行舟，风雨飘摇，捉摸不定，一些你看透了的事情却依旧放不下去，一些你想不在乎的人与事你依然要放在心底反复掂量，人生依旧处在一团模糊不定的迷雾之中。那时候你又在何方呢？快乐的时候，你在高山上欢歌；苦恼的时候，你走进寺庙祈祷；痛苦的时候，你约朋友酒馆痛饮；彷徨的时候，你独自闷在房间里惆怅。你不停地追问自己，我在何方？我在何方？可是没人给你说得清楚，也没有人给你指明方向。这时候你怎会知道，你究竟是在何方？

再后来，人生暮年、天寒地冻、狂风肆虐、大雪纷纷，你残弱多病，走不了路，做不了事，连脑子都快成了浆糊。趁着还不太糊涂，你开始一点一点慢慢回忆往事，点点滴滴的过往像一场电影，一帧一幕，从你的心底里飘过，你知道真正的人生在感觉中时快时慢，悲喜交错，高低起伏。在回忆中，往事开始在时间的长河里与宽阔的生活地域中，一一建起了坐标，这时候你仿佛知道你曾在何方。可是，转念一想，你的那一小段人生岁月，于整个宇宙而言，不过沧海一粟，狂沙一粒，你竟然又找不到你的方位。这又何谈，你在何方呢？

再后来，你脑子混沌一片难辨东西。在何方？你怎想得清楚。

想想，这一生的时光，其实你一直不停在追寻，在追问，在求索——我来自哪里？将去何方？又在何方？可是，答案在哪里呢，又有谁能给你说得清楚呢？

难得糊涂，不问也罢。

为人生画圆

文/燕子南飞

创造，或者酝酿未来的创造。这是一种必要性：幸福只能存在于这种必要性得到满足的时候。

——罗曼·罗兰

圆，应该是几何图形中最美最神奇的图形了。你看，车轮是圆的，所以能行走无疆；太阳是圆的，所以能恩泽四方；植物的根与茎，也选择以圆形的方式向外发展，是为了能最大地减少自然的伤害，并谋求最大的生存空间。

所以，人生至境，我以为，也不过是一个又一个圆。为人生画圆，应是每个人心中的圣境。但人生的圆，有几人能画得好？

记得，中学时上数学课，老师告诉我们画圆的“秘诀”：一要将钢针深深扎进纸里，牢牢固定，这叫做“圆心确定圆的位置”；二要控制住半径的长度不变，这叫做“半径决定圆的大小”。做好这两点，就没有画不好的圆。

细想，为人生画圆，亦当如此。

那些懂得为人生画圆的人，一定是明白之人：知道自己有所为有所不为，一旦确定了人生的方向，就不会再左右摇摆，更不会跳来跳去；他们清楚自己的能力有多大，本领有多高，明白，凡事尽力而为，而不可强求，更不会轻易“越雷池半步”。

那些懂得为人生画圆的人，一定是执著之人：知道坚守自己的位置不动，牢牢坚守自己的人生轨迹不移，那些困厄与诱惑，统统见鬼去罢。

那些懂得为人生画圆的人，一定是坚毅之人：一旦出发，路再遥远，也要跋山涉水，历尽艰险，勇往直前。

那些懂得为人生画圆的人，一定是智慧之人：知道人生之路不是坦途，更不会是一条直线，所以要学会变通。要前进就要学会转弯，再转弯，但从来不会改变自己人生的半径，更不会改变人生的轨迹。

图纸上的人生，圆好画；现实中的人生，圆难成。所以，为人生画圆，贵在坚守，要坚守，坚守，再坚守。哪怕所走的路永远是一条曲线，也不为之改变。

《红楼梦》中的苏绣与苏州绣娘

文／袁依纯

你的心灵常常是战场。在这个战场上，你的理性与判断和你的热情与嗜欲开战。

——纪伯伦

读过《红楼梦》的人都知道，这本书中多处提及到了苏州的风土人情，曹雪芹对苏州的许多方面写得都细致入微，在人物方面从开篇到结尾，从主要人物到次要人物，从出场人物到未出场人物写到了许多，这的确是让苏州人值得自豪的事。一代文学大师，一部千古传奇小说，居然对一座城市钟爱如斯。

在该书第五十三回写到了这样一个人物——慧娘，小说原话是这样交代的："原来绣这璎珞的也是个姑苏女子，名唤慧娘。因她亦是书香宦门之家，她原精于书画，不过偶然绣一两件针线作耍，并非市卖之物。凡这屏上所绣的花卉，皆仿的是唐、宋、元、明各名家的折枝花卉。故其格式配色皆从雅，本来非一味浓艳匠工可比；每一枝花侧皆用古人题此花之旧句，或诗词歌赋不一，皆用黑绒绣出草字来，且字迹勾踢、转折、轻重，连断皆与笔草无异……”这里的故事背景是贾母在荣国府中元宵夜开夜宴，这边贾母的花厅之上共摆了十来席，每一席旁边设一几，几上设炉瓶三事，焚着御赐百合宫香，又有一色皆是紫檀透雕，嵌着大红纱透绣花卉并草字诗词的璎珞。曹雪芹接着对璎珞笔锋一转，用了一大段落为璎珞的始作俑者慧娘作传，写其出身，写其苏绣技艺，写其名字来历，写其作品之珍奇难得。

我们都知道曹雪芹是清朝人，《红楼梦》成书于清朝中叶，此时正是苏绣繁盛的时候，文学作品取材于现实生活。这一段对苏绣的描写，对慧娘这一苏州绣娘的描写，正是《红楼梦》对当时苏绣和苏州绣娘情况的一个直接反映。

苏州优越的地理环境，绚丽丰富的锦缎，五光十色的花线，为苏绣发展创造了有利条件。明清时期，江南已成为丝织手工业中心。在绘画艺术方面出现了以唐寅（伯虎）、沈周为代表的吴门画派，推动了刺绣的发展。刺绣艺人结合绘画作品进行再制作，所绣佳作栩栩如生，笔墨韵味淋漓尽致，有“以针作画”“巧夺天工”之称。自此，刺绣艺术在针法、色彩图案诸方面已形成独自的艺术风格，在艺苑中吐芳挺秀，与书画艺术媲美争艳。

到了清代，开始了苏绣的全盛时期，真可谓流派繁衍，名手竞秀。皇室享用的大量刺绣用品，几乎全出于苏绣艺人之手。民间更是丰富多彩，广泛用于服饰、戏衣、被面、枕袋、帐幔、靠垫、鞋面、香包、扇袋等方面。这些苏绣生活用品不仅针法多样、绣工精细、配色秀雅，而且图案花纹含有喜庆、长寿、吉祥之意，深受群众喜爱。还有一种“画绣”，属于高档欣赏品，称之为“闺阁绣”。史载吴县的钱慧、曹墨琴，吴江的杨卯君、沈关关，无锡的丁佩、薛文华等人的佳作，皆名垂一时。而《红楼梦》中慧娘的苏绣应属于这“闺阁绣”一列，其年方妙龄，尚未出阁，且不仗此技获利，所以虽然她的名声早已名满天下，但“得者甚少”，就算是达官贵人家里，也罕有她的作品，物以稀为贵，所以慧娘的作品被人尊称为“慧绣”。

清代苏绣已成为苏州地区分布很广的家庭手工业，从事凤冠、霞帔、补子、官服、被面、枕套、鞋面、手帕、扇袋、挂件、荷包、帐帏、椅披、戏剧行头等各种各样绣品的制作。为营销绣品，各种绣庄应运而生，甚至出现了有关刺绣的专业坊巷，如“绣线巷”“绣花弄”等，这也便是苏州被称为“绣市”的原因。其时，双面绣开始出现，标志着苏绣有了高度的艺术技巧。在民间除了上面提到的绣娘，还有蔡群秀、沈英、沈立、朱心柏、徐志勤、林抒、赵慧君、杨和、金采兰、江缪贞、潘志玉、张元芷、郭桐先等一大批苏绣艺人脱颖而出，成为当时的著名绣家。而曹雪芹笔下的慧娘虽出身于书香门第，但也可以说是个普通民间女子，她之所以受到巨大的推崇，完全是她绣艺超群，当仁不让所致，“若有一件真‘慧纹’之物，价则无限。”因为即便是以“贾府之荣”，所得到的慧娘的作品也不过只两三件，自从上年献给皇上两件之后，眼下就只剩了这么一副璎珞，一共十六扇。“贾母爱如珍宝，不入在请客各色陈设之内，只留在自己这边，高兴摆酒时赏玩。又有各色旧窑小瓶中都点缀着‘岁寒三友’‘玉堂富贵’等鲜花草。”足见这慧绣珍贵到何等程度。曹雪芹对于慧娘这一人物的塑造，应当是着眼于当时这一大批卓越的苏州绣娘，以她们作为慧娘的原型来创作的。

清代苏州刺绣针法之多，应用之广，莫不超过前朝，山水、亭台、花鸟、人物、配饰，无所不能，无所不工，加上宫廷的大量需要，豪华富丽的绣品层出不穷。苏绣后来吸收上海“顾绣”以及西洋画的特点，创造出光线明暗强烈、富有立体感的风格。苏绣具有图案秀丽、构思巧妙、绣工细致、针法活泼、色彩清雅、形象传神的独特风格，地方特色浓郁。技巧特点可概括为“平、光、齐、匀、和、顺、细、密”八个字。“平”指绣面平展；“光”指光彩夺目，色泽鲜明；“齐”指图案边缘齐整；“匀”指线条精细均匀，疏密一致；“和”指设色适宜；“顺”指丝理圆转；“细”指用针细巧，绣线精细；“密”指线条排列紧凑，不露针迹。慧娘绣的是“璎珞”，那这璎珞究竟为何物呢？璎珞原为古代印度佛像颈间的一种装饰，后来随着佛教一起传入我国，唐代时，被爱美求新的女性所模仿和改进，变成了项饰。它形制比较大，在项饰中最显华贵。比如《红楼梦》里一开头写宝玉出场时，就戴着只“金螭璎珞圈”，璎珞上自然是挂着他的记名锁和“通灵宝玉”，宝钗也有一个金璎珞圈，所缀金锁上是“不离不弃，芳龄永继”的吉谶，可有三生石前的旧姻缘恒于宝玉心间，金玉良缘到底还是成了作茧自缚。那么我们这样便清楚了，慧娘所绣的璎珞即属于配饰一列。

在苏州内城景德路旁的环绣山庄里，曾居住过一位被清末著名学者俞樾誉为“针神”的苏州女子——沈寿，原名沈雪芝。她吸收了西洋画中的明暗原理，十分注重物象的逼真，首创了“仿真绣”，并受到慈禧的喜爱，赐名“寿”。对苏绣技艺的改进、发展、推广、传播，起到了积极的作用，在我国刺绣史上具有划时代的意义。虽然沈寿与曹公不是同时代人，且是晚于曹公的，但曹公将“针神”的原型放在苏州来写，其可信度就显得更高了。

千灯雨中觅美食

▶ 文 / 袁依纯

经得起各种诱惑和烦恼的考验，才算达到了最完美的心灵健康。

——弗·培根

在千灯听雨，我最喜欢做的事儿是寻觅这个古镇的美食。我寻到了一处有铜环木门的饭馆，推开的刹那，似乎推动了时间。那吱吱呀呀的声音，像影视剧，恍若回到了明清。我来到了二楼，站在窗边，房檐下是细雨丝儿交织的纠缠。我看着带有图片的菜单，别说吃了，光看这些图都令人垂涎三尺，来到千灯古镇，自然要吃这儿最地道的千灯肉粽、九里香雪菜、油煎虾花饼。

是不是光听名字就已经食指大动了，我在期盼与焦急交织的心情中，等来了这三样美食。先说这千灯肉粽，身为江苏著名传统小吃，其外形娇俏玲珑，闻之香气扑鼻，入口油而不腻，数千年来闻名遐迩。应该说，江南的粽子很多地方都有自己特色，但真正做到树立起口碑的，一个是千灯肉粽，一个是嘉兴粽子。雪菜是苏州一带特别普遍的佳肴，早餐时候常常伴着包子和粥吃，但如果将它与肉丝炒在一起，真真就是别有风味，真的可以香飘九里，遂成就了千灯一道美食——九里香雪菜。

最后再说说这个油煎虾花饼，它的制作是要些功夫的，所以我是边吃着前两道菜边等着这个大菜。早在来千灯之前我就在网络上翻阅过资料，制作这道菜先要把面粉放在面盆里用冷水拌成面糊，再把青虾（剪掉脚和毛须）放入面糊里，再加少许食盐和切细的香葱，用筷子拌匀。用铲刀把青虾和面糊（一小团）一起放入滚烫的油锅里煎约 20 分钟，等青虾逐渐变成粉红色后，再用笊篱把它捞起来，就成了一只只香脆可口的虾花饼。

我吃到一半的时候，端起碧螺春喝着，看到窗户外池塘里是田田的荷叶。饭馆一进门是传统的木门，一扇扇开着，当中是几把木椅，很老的那种，上面涂满了岁月的油漆。

我就坐在这个街边的饭馆里听雨。外面的青石砖潮湿湿的，偶尔泛出好看的青苔，间或雨燕从房檐前飞过，那翅膀掠起时的姿势太美了，似乎光阴在那一刻停住了，而面前的雨柱是飞向天去的。

千灯这里是鱼米之乡，所以以这里的稻米作为原料的美食是很有特色的，下午我逛累了时候，在一家糕点店发现了好几种本地的特色糕点，也许它们的名字你并不陌生，但却是别地儿没有的味道——香糍团、年糕、海棠糕、垫棒糕、糍饭糕，这些糕点我更是每式要了两份，现吃一份，带走一份。千灯的糕点也因为细雨的陪伴，而愈发显得格外富于劲道了。

千灯的雨就是美在这个意味吧，这是古镇性格的外在表现，延展在两千多年里，下啊下，下啊下……

也是因为这柔美的雨，我喜欢盘亘在这座古镇里。和小桥流水，和玉兰香樟，和千灯种种美食一起，感受这湿润的、多情的雨。

寂寞本是自我的救赎

▶ 文 / 袁桦甸

你愿意征服一切事物吗？那么就让你自己服从理智吧。

——塞涅卡

我来到儿时经常游玩的那条大河旁，我想我此时的情状极像枫桥边的张继；也可能更像那个独钓寒江雪的老渔翁。我们的心情是一样的——寂寞。

季节正是春天，秋霜与冬雪，早已被暖风熏化。面前是一个生命盎然的季节：河湾里水声淙淙，山野间草木丰美，万花千草捧出的是一个炫目的春天。河因了下游的水库而显得丰润了许多，活像一条艳丽的画毯铺展开去，细腻迷人。群鸟在水面林间飞舞，有小鱼偶尔探出头来，我最喜欢的还是那尚未凋败的冰凌花，开在河的两岸，她是我心目中春的使者。偶有水滴溅在它们的身上，这让我感觉到时间在流动呢！我知道这些很快都会被夜色抹去，夜色也会盖住我单薄的身影。

近处的村子有几道炊烟升起，暮色已洒在大地各处，这是孤独与寂寞的散布。

寂寞。逃离喧嚣而旋转不止的城市，一个人坐在这条大河旁，追求的就是一份难掩的寂寞。长年穿梭于高楼窄巷，浪迹于滚滚红尘，虽有固定居所，却难安一颗浮躁的心灵。有许多事情处于纠结的抉择中而无奈放弃，有倾心的欲望却难觅合适的对象。年年月月，月月年年，心中灰尘累积，直至结出老茧，健康正被年轮一点点剥蚀。寂寞却如鬼魅相随，难以脱离，于是索性正面面对它，一直走进寂寞最深处。这何尝不是面对现实的勇气，挑战自我的决绝，态度的坚定也许就是对抗寂寞最好的方法吧。

我坐在了一块石头上，仍有些许阳光的体温存留，微热。我想起了《老人与海》中那个不走运的老渔夫圣地亚哥。我这时深切地领悟了他，我们的地点不同，他在海上，我在河旁；他钓的是大马林鱼和金枪鱼，我却只能从面前的河里打捞一些陈思碎想。水是我们共同的媒介，是我们慰藉寂寞的直接对象。

天完全黑了，头顶是一轮皓月，身旁是几丛香花，这是才子佳人最爱享受的环境啊！我想起了远在苏州的她，我们相处了三个多月，但我每天每夜都记挂着她。我们之间的爱情不算华丽，在一起的每一天除了工作，就是柴米油盐。可我俩之间的遇见却是一辈子都忘不掉的，如果非用一个词的话，那就是——艳遇。“艳遇”是多少人挥之不去的情结啊！艳遇几乎是所有人心中或明或暗的期待。与一位俊男或是美女邂逅，不早不晚，于万千人中遇见了，一次开心的交谈，一顿粗茶淡饭，心中的涟漪却不由自主地荡向了远方，你会觉得此时自己的微笑都格外的灿烂。这是人生旅途中愉快的插曲，成为心中一处暖暖的珍藏。我们的生活主要还是粗茶淡饭——了无滋味，没有精彩情节，更不是五彩缤纷。但我心里明了，爱越深，寂寞越深。

人的本质都是寂寞的，在时间的河流里，我们孤独地向前游移。而每一个人又都是复杂的个体，所以才会说“一个人就是一个世界”。生命是脆弱的，脆弱得犹如一盏灯，而上帝吹灭这盏灯的方法却不下万种。所以人们会敏感，对自我的保护，对外部世界的认知，都让人敏感。复杂、脆弱、敏感导致了人与人之间交流的困难，导致人们产生了寂寞，却又害怕着寂寞。儿时与小伙伴闹别扭，一句“我不理你了”，就是对他最大的惩罚。而成年人，更是一直在苦苦寻求他人理解与保守内心私密之间左右为难。需要真情、渴望倾诉，但知音难觅，于是寂寞的灵魂一生都在寻找解脱寂寞的途径和方法。探亲、访友、旅游、聚会，乃至一切扎堆的活动，上网、聊天、打球、飚歌等等，无不是为了打发无聊、对抗寂寞，甚至对事业的追求、对爱情的企盼、对名誉的渴望，也是想以各种奋斗行为来掩饰与冲淡寂寞的包围。

爱情最是摆脱寂寞的需要。希腊神话说，人原本有四只手、四条腿；脑袋虽只有一个，但前后都有五官，异常强大。这引起了众神之神宙斯的妒忌。于是他将人从中间隔开，变成了各有一头、各有一对手脚的男女。这样，人在出生后，无形之中，就在拼命找寻自己的另一半。有的找到了，恩爱无比，他们在彼此的怀中寻找到了灵与肉的温暖，寂寞从此消失。而相当多的人是众生寻而不得，错拥着另一个人，平淡无味，了此一生；更不幸的是同床异梦，于孤独中郁郁而去。最近在读苏轼在黄州定惠院寓居作的《卜算子》：“缺月挂疏桐，漏断人初静；谁见幽人独往来，缥缈孤鸿影；惊起却回头，有恨无人省；拣尽寒枝不肯栖，寂寞沙洲冷。”我终明了任他是再豪迈旷达的才子，内心仍是寂寞的，谁人懂他——“无人省”，他也有自己的寓所，却不肯住，只觉“寂寞沙洲冷”。现代社会使人们更多地体验到了寂寞，所以才有层出不穷的情人现象、未婚同居乃至婚外恋，人们对此也就有了足够的包容。

远处依稀传来几声狗吠，我想起了家中养着的狗，非常可爱的狗。人们常说，狗是人类忠实的朋友，无论人贫富贵贱，命运如何起落，它们都不离不弃。我深信不疑。每次它都会以极大的耐心围着我打转，摇着尾巴，伸着舌头。我对它发怒，呵斥它，甚至踹它几脚，不一会儿它就又围拢了来，它绝对是一个真诚的追随者。如今养狗之风日甚，大约是人们感到与人打交道累了、倦了，寂寞无以排遣，不如与狗耍玩更为简单。那些天天将狗牵着抱着的人们，笑容的确多了好多，正是因为一只只狗儿扑走了他们心中的寂寞。

最有文化的人往往是寂寞的。因为他们内心的世界更加复杂、敏感、脆弱，感情世界因丰富多彩而倍感寂寞。

所以，寂寞于他们而言，便衍生出了创作，文学与艺术便是人类精神劳作者在寂寞中的灵魂抚慰。在现实世界里寂寞无从解脱、无处释放的时候，便自我设定一个虚拟的空间遨游，在那里，充当自己的主人。所以创作虽然清苦，却是天底下最自觉最少于功利化的人类行为。世间存在着许多连温饱都成问题的一些人，却仍坚持创作，明知道继续下去是赔钱的活计，甚至出版也少于问津，但他们依然坚持，大有为之献身的悲壮。所以，我们看到，当下作诗的比读诗的多。这又好比读书，茫茫人海里，寻一张亲切柔和的脸不易，便转而在书页中寻觅，无论是古时还是现代，无论是外国还是中国。于这些人而言，精彩的情节和深邃的思想成为现实生活重要的补充甚至是生命的支撑。所以自然应了那句老话——“书中自有黄金屋，书中自有颜如玉。”他们在书里寻找，在书外思考，这应是抗拒寂寞最终却也是最恒久的利器。

生命的寂寞是哲学和艺术的动力与源泉，所以人类的思想艺术宝库才会如此丰盈，并且大有丰盈下去的势头。真感谢那些人类伟大的精神工作者，他们天才的思想铸就了人类精神文明的富足，使我们得以在寂寞之时随手触摸这些宝贵财富。那情形当如佛教徒捻动颈项间的佛珠般虔诚，为的是寂寞在心中迅即离去。

夜有些深了，头上的月亮向山边移近了许多，我抬头看了看镶满钻石的那片夜空，觉得康德说的没错，我们始终确实应该坚信与崇拜两样东西——“头顶的星空与心灵的道德律”。我甚至觉得自己就是一个星球，独自拥有世界。思维注入了山川的灵性，想象便跟着插上了翅膀。一种意念、一星灵感、一个浸着诗意的想象、一组鲜活灵动的词语，都可以成为一次激活、一种感动、一个进入新的境界的契机，让我们在刹那间体验到生活乃至生命的极致美丽。平时，在车水马龙的街道间耳朵为之闭塞，心门为之紧锁，而在一川春水浮动的岸旁，却可以品咂出许多令人欣喜的况味来。

真挚的友情温暖着寂寞的灵魂，甜蜜的爱情依偎着寂寞的灵魂，永恒不朽的思想滋养着寂寞的灵魂。而寂寞本身，在此刻，我视为一杯清茶，初尝时略带苦味，但随着浅酌慢饮，就可以逐渐实现自我的调适、自我的抚慰与自我的升华。

如此，寂寞就成为了一种境界，在时间的河流里承载着芸芸众生前行，这样便实现了美学意义上的摆渡。我感到这是属于自我审视的提升，如同禅宗的顿悟，我为自己省身的成绩而兴奋不已。

我看到那轮月亮落到山边了，我对它虔心默祷我的祝福：世间众生不必害怕寂寞，寂寞本是自我的救赎。

故乡月

▶ 文 / 袁桦间

> **心灵之美，最美。**
>
> ——柯克

季羡林先生说过："每个人都有自己的故乡，每个故乡都有个月亮。"不错，而我们总是觉得，自己故乡的月亮是最美的。

不过，若是这月亮仅仅是孤身一人的话，岂不是显得落寞？所以，人们总是将一些美妙的事物与之搭配起来，最多的应是山和水，诸如"三潭印月""石湖串月""虎丘望月"，等等，不胜枚举。

我的故乡是在东北的长白山脉里。我小的时候，住的村子四周环山，所以村子就像在盆地里一样。我和父母到山上种田时，我偶尔会望向县城的方向发呆，看着远处白云缭绕，对远方，充满了向往与期待。而后，我走出乡村，翻过一座座山，依恋着的依然是山的母性与伟岸。因此，我望月的时候，总是会想到山，像李太白讲的："明月出天山，苍茫云海间。"

我深有体悟。

而说到水，我的故乡也是浸润其间。从东山上流下一道山泉，横穿整个村子，村里人常在里面淘洗。而更具气派的，是村边那条大河，在下游建造了一座水库，形成了一片美丽的人工湖。虽不至于有八百里洞庭的恢宏气势，却也一样有“湖光秋月两相和”的俊秀。夏秋时节，好多大人孩子游水嬉戏其中，然后就抓鱼上来煎着吃。这是十几年前的事情了，煎鱼的味道我早已记不清，可每每想起，似乎仍有馋涎泛起。

到了晚上的时候，人多了许多，有青年男女点起了篝火——跳舞唱歌。我跟着闹，累了，就坐在石凳上，抬头看到月明星稀，清光四射，天上的月光与火光交相辉映。我当时虽然还不懂得什么叫诗兴大发，但似乎却有“幸甚至哉，歌以咏志”的豪迈痛快。端的是“人生得意须尽欢”呐！常常是玩到很久，才和小伙伴回家去，然后被母亲骂一顿。不过我心里是快乐的，梦里有月亮，有歌声，是哥哥的健壮，是姐姐的苗条，是我可爱的家乡！

我在家乡读完小学就进城了，而后去了更远的南方。这一走就是十五年。这期间，虽偶有回去，但都是短短的探亲访友，没有闲暇细细体味那让我牵挂的美好。我在外地，也看过许许多多的月亮，在“天下第一关”的山海关上，在“潮打空城寂寞回”的南京桥头，在“云埋虎寺山藏色”的虎丘山顶，在“水光潋滟晴方好”的西子湖畔，我都看到过月亮，这些月亮都受过唐诗宋词的抚爱，显得诗意华美，我都喜欢得不得了！可是，每每看到它们，我都会想到家乡水库旁的那轮皎月。相比之下，我总是觉得，这些名城名人的月亮，都不是我的，万万比不上我那心爱的故乡明月。不管我离开你十年百年，无论我离开你千里万里。我的月儿，我永远依恋着你！

我住的时间最长的地方是在苏州，而在苏州住的最久的地方是城西南的石湖。说实在的，此地有上方山国家森林公园，有吴越春秋古迹，有南宋诗人范成大的田园别墅，有唐伯虎画过的行春拱桥，可谓山水环叠，人文荟萃，风景堪称如诗如画。每每有亲朋好友来看我，都称道此地的胜美！可见石湖景区的魅力。此地既然有山、有水、有树、有桥、有花、有鸟，每逢月圆之夜，皓月当空，月光闪耀于碧波之上，要么“一碧万顷”，要么“石湖串月”，而且荷花袅袅，香远益清，岸边丝竹管弦交织，真可是“歌管楼台声细细，秋千院落夜沉沉。”十足一幅人间天堂的和合美景！想必无论是谁置身其间，都不能不顾而乐之啊！

然而，越是有这样的“良辰美景奈何天”，我想到的越是十几年前那些弹吉他、吹口琴的青年男女，怀恋那轮家乡湖上的皎月。见月思乡，古往今来，有多少人可以逃其窠臼！思乡是百感交集的，亦苦亦乐，其中有追忆、有怅惘、有思慕、有惋惜。流年似水，时不再来！我怀恋的，更是那无忧无虑的往昔美好时光吧！

月是故乡明。我亲爱的月儿，我已经回到了你的身旁，可往事如昨，青葱的岁月我是再也回不去了！

塞外江南

文 / 小黑裙

面孔是灵魂的镜子。

——高尔基

“江南”这两个字，从唇齿间轻轻呼出，软软糯糯的，带着鱼米的清香。想象中的塞外，是与寂寥、荒凉为伴的地方。然而却有这么一座城，有着“塞外江南”的美称，这是怎样的塞外？又是何等的江南？带着这份疑惑，我来到伊犁。

正是薰衣草盛开的时节，车子一进入小城，到处是花，满眼是花，如穿梭于花海之中。田垄里、公路边种着薰衣草，每一条街，每一道巷，都浸在馨香中。那香气浓郁极了，偶尔有风吹来，时缓时急，任怎样也搅不动它。黏稠的香气从车窗处漫进来，灌了满怀，沾到我的衣襟、袖笼上。我嗅着浓香，像醉了一般，竟有些醺醺然了。我多想走进薰衣草丛中，与花对视，与花倾谈，来一场最亲密的接触。

我们坐车来到解忧公主薰衣草园，它位于古丝绸之路的北道重镇霍城县清水河镇。这个坐卧于天山北麓伊犁河谷内的小镇，薰衣草随风摇曳，芳香延绵半个世纪，成为“中国薰衣草之乡”。

一簇簇紫色的细小花朵，高贵，神秘，静静地守望爱情。这里留下过一段段爱情佳话，细君公主和解忧公主远嫁乌孙，以非凡的智慧与勇气，成为西域的和平使者。如今伊人已去，但在当地人心中，美丽依存，清香如故，甚或认为她们已化作花神了。

园中的香草品种区，种有百里香、迷迭香、薄荷、紫苏、甜菊等芳香类植物，阵阵异香扑鼻，也挽不住我的脚步。我越过它们，扑向一片紫色的“海洋”。

在风儿的吹拂下，遍地的薰衣草如波浪般一层层起伏着，涌动如潮，香气浓厚。我在花丛中走走停停，赏花、拍照，看这片开得正好，那片开得更灿美。仍觉得不够，我俯下身去细嗅，再嗅，嗅了又嗅，整个人都变得芳馥了。我对着一丛紫花，兀地笑出声来，声音很大，连自己都吓了一跳。要知道性情一向沉静的我，即使在人前，也极少这样开怀大笑。

薰衣草又名解忧草，有解忧平郁、安抚心灵的效用，因而也被称为“宁静的香水植物”。中国文人大多爱香，自古就有焚香、薰香、佩戴香囊的习俗，如今更是将香草与美容、养生相结合，制成精油、香水、花茶、洗化产品等。这么想来，在薰衣草盛放时，人在花中，放松释然地笑，是再自然不过的事了。

沾了满身香气，从薰衣草园出来后，我们驱车去锡伯族博物馆。沿着历史的纤脉，去倾听，去感受一个民族的血性和激情，大义与担当。

18 世纪中叶，清政府从盛京等地调遣锡伯族官兵携眷进驻新疆，以巩固西北边防。翻山越岭的西迁路，万里云和月，几千名锡伯人啃饼就雪，最困难时也曾以野菜汤充饥，向着边疆不屈地行进。历时一年多，经历无数艰辛磨难，终于抵达伊犁河畔的察布查尔县。他们在此引水开渠、垦荒戍边，开拓自己的第二故乡。

200多年的光阴，弹指一挥间。锡伯人没有忘记史诗般的西迁征途，没有忘怀对故乡的思恋，故而有了西迁节，有了每年隆重的节庆活动。锡伯族，一个不辱使命的民族，在察布查尔这片热土上，延续着他们生生不息的热情与梦想。

那晚，我们去一家锡伯族餐厅就餐，品尝锡伯大饼、花花菜、萨斯肯、椒蒿草鱼、锡伯烩丸子等传统美食。最好吃的要数锡伯大饼，夹着花花菜和辣椒酱，吃起来松软可口，美味极了。大饼两面印花，大花为天，小花为地，勤劳的锡伯人心里装着天与地，坦荡地活在烟火人间。这一顿饭，直吃得我满口生津，眼噙珠泪，百感交集。

来之前听说，到伊犁要看西域明珠——赛里木湖，它是“大西洋的最后一滴眼泪”，圣洁而深情，是一个秀美神奇的高山湖泊。第二天早上，我们的车穿过风光无限的果子沟，跨过雄壮的果子沟大桥，从一条隧道中飞驰而出时，一泓碧蓝的湖水忽地扑入眼帘。

赛里木湖的蓝，有浅蓝、宝蓝、幽蓝、深蓝、墨蓝……湖水如一块调色板，你所能想象到的蓝，在这里都能调出来。而且不管哪一种蓝，都比我曾见过的湖色更纯，更净，更梦幻。湖畔周围是耸立的雪山、广阔的草地、成群的天鹅，还有毡房、牛羊、岩画、碑刻、古墓，一幅古丝路画卷展开在面前。

“四山吞浩淼，一碧试空明”“乱山围地起，一水贴天流”，诗人绣口中的赛里木湖，是美丽而宁静的。赛里木湖是哈萨克语，意为祝福，有“金缎镶边”“净海七彩”“松头雾瀑”等著名十景，可谓一景一世界。这里的每一块石头，每一汪湖水，都曾见证过一段段历史钩沉。

湖边草地上开着各色花朵，绚美艳丽，我们在草地上拍照，或蹲下，或站立，或作飞翔状。那一瞬间，心随境开，感觉自己像风一样呼吸，像花一样清香，像云一样自由。一切都是那么温馨、安详、静谧，流溢着诗情画意。

从湖区出来，我们去了霍尔果斯口岸，这里自隋唐时代起便是丝路北道上的重要驿站。霍尔果斯口岸位于霍城西北，与哈萨克斯坦隔河相望。随着“一带一路”的加速推进，如今的霍尔果斯口岸，正以“天马步伐”，成为多功能的国际贸易自由港，是新疆对外开放的一扇窗口。

我们步行到贸易区，见摊位上摆放的望远镜、刀具、俄罗斯套娃、薰衣草香油等商品琳琅满目。哈萨克斯坦的客商走到摊位前，反复挑选，购买中意的物品。不时看到有大货车从边境大门进出，有的货物还将被火车转运到远方。曾经的驼铃悠扬，已被汽笛声取代，路路相通，崛起条条“新丝路”。

伊犁，这个遍阅千年繁华，风致独绝的天府之地，既有江南的婉约柔美，也有塞外的铿锵气韵。这里的景是芬芳的，人是芬芳的，每个来到伊犁的人，都被沾染上满身馥郁。紫雾般的薰衣草，与蓝天碧水、雪峰白云相辉映。大美新疆，最美是伊犁。

晚 秋

▶ 文 / 芳心

幸福，是心灵的醉意。

——席慕蓉

转眼又是晚秋时候，走上街，去看看将要远走的秋。

河边，柳树枝影依旧婆娑，一阵风吹来，几许落叶簌簌。树那么深情的挽留，可那些叶儿仍兀自飘向远方，风中的舞蹈是它们最后的心语。河水依旧无波无澜，在温润柔和的日光里，澄澈而透明。

暖暖的阳光，遍洒着温馨，没有春日的妩媚，不似夏日那样热烈，更不像冬日那般深沉。晚秋的太阳，像一位着亮眼红妆的新娘，有一种怀旧、成熟的美。

路边的树，墨绿和深绿交相辉映，苍劲、庄重、深厚，饱经沧桑而睿智笃定，给人有一种特有的成熟和稳重感。

有一位老人在路边卖花，紫色的、黄色的、白色的、酱紫的……花不语，卖花人也不语，没有叫卖声的买卖显得有些寂寥。

“这菊花多少钱一盆啊？”我指着一盆纯白色的问。

“价钱您看着给，给多不嫌多，给少不嫌少。”老人微笑着，满脸的皱纹似菊花花瓣。

老人见我疑惑，又补充说：“这菊花是我自己培植的，没花本钱，只要您稀罕，钱多少无所谓。”

我欣然选了两盆，一盆纯白，一盆浅绿，这素净的颜色，会陪我安静地走进不再喧哗的冬天。

布料店里，几位妇人在挑选床单，我也走了过去。床单上有一层细细的绒，摸上去暖暖的，很舒服。给女儿买了一床，只要她过得温暖，我就温暖。

又买了两斤毛线，想为爱人添件毛衣，毛衣穿上，不会撞衫，因为织进了我的爱。

回家，菊花摆放在客厅的桌几上，顿添几分清韵。床单铺上，如同满床阳光。一切妥帖，便坐在窗前，把细细长长的毛线化作绕指柔。

目光落在对面的藤椅上，心不觉一疼，两年前，母亲总是坐在我的对面，微笑看着我读书或者干什么。又快到母亲的生日，而母亲，却只能在记忆里向我微笑了。一些旧时光，一些往事，深深浅浅的痕迹，挤进心窗，涌起跨越时空的波澜。秋，总是让人不自觉地怀念……

楼下有人喊：“走啦，我们去看红叶，听说经霜的红叶很美丽！”我不由得笑了。

晚秋，不尽是萧瑟，不尽是凄凉，不尽是寂寥，不尽是苍茫，而是充满了静谧、幽远、清爽、温暖，如同云淡风轻的日子，蕴含着意味悠长的人生。

春雨是村庄透明的诗句

文 / 芳心

思维是灵魂的自我谈话。

——柏拉图

一场春雨飘然而落。

撑起伞，走进这绵绵的春雨中。街上的人儿或独自行走，或结伴同行，他们望着湿漉漉的路面，眉头微皱。

碰到相熟的人儿说：“这雨，啥时候能停呢？烦人，瞧瞧，我的鞋子、裤子都弄脏了。”“这雨快停吧，要不没人来买东西，连摊位费都挣不出来了。”“是啊，快点晴天吧。”我望望阴沉的天空说。

记得村庄的春天，乡邻们见面最常说的就是“该下场雨了，雨下过就该播种了”“今年春咋那么旱呢？真是春雨贵似油啊”“好雨知时节，你看，这雨下得多及时……”村庄的春天里如果没有了雨，连话题都会变得没有生气。

下雨的天气，村庄里会显得格外宁静，人们都躲在家里，倾听着这比天籁还美妙的“春之乐”，个个欢语笑颜，憧憬着幸福的绵绵画卷。

雨后的朝阳，泛着丝丝金光，洒在幽静的乡间小路上。“柳丝袅袅风缫出，草缕茸茸雨剪齐。”小路旁的柳树随风摇摆着细长的柳条，那些才发出的嫩草好像是春雨拿剪刀剪出来的，那样茂密，那样整齐，焕发着勃勃生机。小溪里，时有调皮的小鱼浮出水面，它也闻到春天的芳香了吧。

你听，远处还有窸窸窣窣花开的声音……

我喜欢春天的雨，轻轻柔柔，静静地，悄悄的，洋洋洒洒，伴着绿意萌动的气息。被雨水洗过的郊野，嗅一嗅，那样的清新，心情就像一朵初绽的花，芬芳在春光里。

几只燕子，只“唧”的一声，就是寂静的小村最生动的音符。院子里，小树欲绽的嫩芽，仿佛就要在下一秒散发开来，让人禁不住屏住呼吸等待。

聆听着春雨深情的弹奏，一阵稠一阵密，这一首首春曲啊，就这样从瓦楞上流出来，从粉红的花瓣上流出来，流得整个田野都充满了活力与生机。

细细密密，润物无声，这大自然的天籁之音，让农家人笑了，让整个田野笑了，笑得那样灿烂，笑得那样坦荡，笑得那样无私。

春天的雨啊，农家人的日子就这样沿着你的目光行走，行走成如画的春天，行走成一首首酣畅而透明的诗句。

故乡的柳树

文／风絮

灵魂的美胜于身体的美。

——布鲁诺

起风了，但没了冬天的寒冷，已是“吹面不寒杨柳风”了。

走出家门，沿着护城河的河堤漫步。河堤旁的柳树在风中摇摆，柳枝柔柔的，少女的秀发一般飘逸，给寥落的早春凭添了几分韵致。再细看，鲜嫩的绿色若隐若现——柳树发芽了！忙奔到一棵柳树旁，抓一把柳枝在手里，那柳枝已泛青，上面星星一样布满了鹅黄色的嫩芽，像一朵朵含苞待放的花。“一笼金线拂弯桥，几被儿童损细腰”，一点也不假。

故乡的柳树也是这样长在河岸边，它不同于这都市婀娜多姿、妩媚迷人的垂柳，故乡的柳树有黑色粗糙的树身，上边长满了胳膊粗细或者手指粗细的柳枝，枝条不下垂，一根根指向天空，透出原始的、野性的美。童年时，每到春天柳树才吐嫩芽时，我们几个小伙伴就相约来到河岸边，猴子一样爬上柳树，找一根粗细适合的枝条折下，用细嫩的小手一拧，柳枝儿就“骨肉分家”了。把柳骨抽出来，再把空了的柳枝一端捏扁，用力地撕下窄窄的一小块表皮，一个柳笛就制作好了。伙伴们叽叽喳喳地吵着要比赛谁的柳哨最好听，霎时，欢快的柳笛声随风四散：或短促激昂，或悠长嘹亮，或细腻婉转……

编一个柳帽儿戴在头上，玩打仗的游戏，柳树一点也不生气，任由我们在它身上“胡作非为”。玩累了，又像猴子一样，麻利地从柳树上溜下来。有时候衣服会被树枝划破，妈妈看到了，嗔怪道：“看，越来越像个野丫头，衣服又划破了。”

妈妈从屋里拿了针线，笑着，很仔细地为我缝补划破的衣服。妈妈缝得很认真、很专注，缝几下，就停下来，拿针尖在自己的右鬓贴着头皮轻轻划过，再缝几针，又停下，针尖贴着头皮再轻轻一划……

那时的妈妈，有着乌黑的头发，披散开来，就像随风舞动的柳枝，有着生命的光泽。我不知道是何时，白发偷偷爬上了她的双鬓，而她依然表情平静，把母爱的温馨，从容地缝进细细密密的日子里……

依靠在柳树身边，我深深地呼吸，风中飘来故乡春天的气息。举目四顾：一棵棵柳，精神焕发，一身新妆，“绿柳才黄半未匀”，虽无盛春的繁茂与青葱，但生机涌动，显示着生命的勃勃张力。

故乡河岸的柳，也是“一树春风千万枝，嫩于金色软于丝”了吧？

第三辑
Chapter Three
Zuimei
Wenzhai
醉美文摘

一树桐花临窗开

▶ 文 / 风絮

美都是从灵魂深处发出的。

——别林斯基

“桐花命贱，粉不粉艳不艳的，大朵大朵地开着，形状也散……”读雪小禅的《桐花满地》，似乎看到了老家东屋窗前的那树桐花。

老家的东屋，是我和妹妹的闺房。窗外那棵梧桐树不是移栽来的，而是不知何处飘落的桐子在窗下生根发了芽，母亲说就让它长着吧，家有梧桐树，也算是一件吉祥物。

梧桐树生命力极强，第一年秋天，它的身高已经超过了窗台；第二年秋天，它已经有了树的身姿，挺拔、健壮、生机盎然；第三年春天，梧桐树就打起了花苞，不久，一串一串粉色的花朵开遍了窗外的天空。

我和妹妹高兴极了，站在树下仰望着桐花，有些桐花垂着眼睑，仿佛在和我们打招呼。

那一晚，莫名地起风，风很大，伴着雨，我推开窗，看着满树桐花在枝头摇摆，那样无助，小小的心房第一次有了疼惜的感觉。第二天一大早，我快速起床，推开门跑出去，果然树上的桐花已寥寥无几，地上铺了一层桐花，无声无息。捡起几朵桐花放在掌心，轻轻地抚摸，竟有了想哭的冲动。母亲说：花无百日红，开过了，就不枉此生。我点点头，把手中的桐花放进风里，它们旋转着，飞舞着，跳着优雅的舞蹈。

春去春回，我离开了家，去城里上学，每逢春天桐花开的时候，妹妹总是会给我带几朵来。我把桐花放在书页间，闲时翻看，仿佛又坐在窗前的桐花树下，心里就会徜徉起无限的暖意。

后来在城里安居，楼房窗前没有梧桐树，也就看不到了桐花开，但每到春天，桐花都会穿过城市和乡村的距离，开满我记忆的河岸。

小区里栽植绿化树，竟有两株梧桐，我欣喜若狂，请求把梧桐树栽在我家楼前，于是日日殷勤探望，盼望一树桐花临窗开。

终于如愿，第二年春天，那株梧桐树就开花了，一串一串的花在和煦的春风里摆动着，像极了老家东屋窗前的那树梧桐花。

梧桐花花期很短，才开几天，便纷纷落了，留下一地惊艳，也留下一地的坦然和从容。

又是桐花开的季节，站在窗前，楼下的梧桐树今年已长得十分高大，壮硕的枝条刚好触到了我家的窗，站在窗前，那些桐花几乎伸手可摘。如同老家窗前的桐花，让我满心升腾着欢喜。

给妹妹打电话：来我家看桐花吧，它在窗前等你来。

邂逅一只萤火虫

▶ 文 / 风絮

崇高风格就是伟大心灵的回声。

——郎加纳斯

傍晚出去散步，走过繁华的市区，信步向郊外走去。夕阳的余晖还未散尽，隐隐的红，透着几丝眷恋。散步的人或独自，或三五成群，用自己的方式放松着心绪。

眼前是一条明亮的小溪，找一处平地坐下，看一河月光清清明明，心神恍惚，多想变成一条鱼，偎在它的怀里吟唱；或者变成一叶水草，在清浅里飘摇心事；也或者向更深处走去，体验它的温柔，接受它的滋润。潺潺水声，唤起记忆里的温暖，目光里多了一丝清亮。

忽然，有人喊："看！萤火虫！一只萤火虫！"我赶忙四处寻找，顺着那人手指的方向，果然，一个亮点一闪一闪，仿佛是谁提着一盏灯笼，在水草间悠悠漫步。人们突然安静了，眼睛盯着"那盏灯"，若有所思。

这一只萤火虫，乘着清溪的歌吟，带着草丛的清香，从我的眼前掠过，让我惊喜，也照亮了我回归童年的路。

童年的家乡，村西有条宽宽的河，夏日傍晚，吃过晚饭，村里的人都喜欢去河边纳凉。那时候没有空调，电风扇也极其少，所以夏夜的河边，是村民歇凉的好去处。

人们聚在河边，有的唠家常，有的相互说着见到或听到的离奇事，有的唱歌，有的吹着悠悠的竹笛……我们几个小孩，最快乐的莫过于捉萤火虫了。口袋里装一只玻璃小瓶儿，坐在河岸等。暮色稍暗，萤火虫便出来掌灯了。顺着河岸繁茂的草丛，一盏一盏，次第闪亮，一会儿就汇成了一条“银光闪闪的河”。

赶紧顺着河沿下河去，伸出双手，微微弯曲手指呈合拢的形状，向萤火虫靠近，靠近……然后猛地合拢双手，小心地从指缝间看，掌心里闪着荧光，就是逮到萤火虫了。无比谨慎地移动一只手，直到把萤火虫捏在指间，另一只手飞速掏出口袋里的玻璃瓶儿，咬开瓶盖，放入萤火虫，马上盖上盖，这才放心地享受自己的“劳动成果”。

有些小伙伴拿特制的网子扑逮萤火虫，就是用细钢丝围成圆圈，把网兜子缠绑在细钢丝上。网兜子要用眼儿很细小的那种，要不然，萤火虫会从网眼里逃之夭夭。

父亲曾给我讲过一个故事：晋代时，车胤从小好学不倦，但因家境贫困，没有多余的钱买灯油供他晚上读书。夏天的一个晚上，他正在院子里背一篇文章，忽然见许多萤火虫在低空中飞舞。一闪一闪的光点，在黑暗中显得非常耀眼。他想，如果把许多萤火虫集中在一起，不就成为一盏灯了吗？于是，他去找了一只白绢口袋，随即抓了几十只萤火虫放在里面，再扎住袋口，把它吊起来。虽然不怎么明亮，但可勉强用来看书了。从此，只要有萤火虫，他就去抓一些来当作灯用。如此苦学，终于成了饱学之士。小小的我，也学车胤“囊萤读书”，只可惜，那些小小的萤火虫，不堪玻璃瓶的困扰，早早地就熄了灯。

几回回故乡，漫步河岸，却很难再见到萤火虫那轻巧的灯影了，它们，去了哪里呢？看书得知，这种提灯夜行的小精灵，只在植被繁茂、水源洁净、空气清新的环境里安身。看着日渐荒芜的河岸，心，莫名的疼。

有孩童追着那只萤火虫，想要扑到它，将我的思绪拉回。一位老者阻止道：“不要逮它了，多少年没见到萤火虫了呢，就让它自由地飞吧。”是啊，萤火虫，已离我们越来越远，今晚的久别重逢，是多么的幸运，为什么要去逮它呢？

邂逅一只萤火虫，就像遇到了失散多年的童年的小伙伴，它提着一盏灯，照亮了故乡的画面，也照亮了丢失很久的惊喜。

那些花儿开在了哪里

▶ 文／程多多

只有自由的灵魂才能永葆青春。

——让·保·里克特

节气到了立冬的时候，辛劳了大半年的乡亲们也有了喘口气歇息的机会了。这时节，田野上的玉米、大豆、高粱、花生、芝麻、地瓜、蔬菜也被农人们收进家院，大地显得空旷而又干净。而蛰伏于人们心中的许多心事却不安地骚动起来，媒人在两家之间奔忙着，说和着这对男女大喜的最后日期，心里欢喜地盘算着这喜酒的喝法。

城里人结婚在什么季节都行，农村则大多选在冬季的良辰吉日。春耕、夏耘、秋收都忙得要命，没有心思和时间摆喜治筵。秋后该收的庄稼都已收到手了，有了更足的钱来置办酒席，这样的喜酒才办得风光脸面。

婚礼前的许多琐事要精心置办，男方要向女方家要生辰八字，送离娘肉，离娘衣，等等，而最重要的是还要找附近村里德高望重的老艺人剪窗花。现在，这样的老人越来越少了，往往要跑到十多里甚至几十里路才能找到这样的老人。剪窗花有许多的内容，大气有力的双喜、小巧玲珑含情脉脉的花边鸳鸯、活蹦乱跳的鲤鱼上面驮着的大胖小子、吉祥富贵的牡丹都是迎娶新娘不可缺少的。

傍晚时分，喝喜酒的人们酒足饭饱，对新郎新娘说着吉祥的祝福话相继离席。天黑得早，新郎还在和酒席上的人们敬酒，说着话不肯离去，其中的一位老者看透了新郎的心思，说：好了、好了，我们这边不用你了，你忙去吧。众人笑着，新郎满脸的羞色。

农村虽说用上了电器，但在新婚之夜，新房里的长明玻璃灯是不能熄灭的。外面寒意阵阵，屋内暖意融融，一对新人坐在床沿，女的娇羞，男的拘谨，眉来眼去，暗香浮动。俩人低头窃窃私语，倒是新娘先开了口：你看那大红的窗花儿……

立冬一过，就是小雪、大雪了。过了大雪好多天了仍不见雪花的影子，人们心里不免有些着急了，这不下雪，还算什么冬天啊？盼雪的念头就在人们的心里念着、想着、渴望着。然而。日子一天天过去了，却不见雪的影子。耐不住的人们挂念着地里的麦苗，扒开干燥裂纹中的麦苗，看着细白弯曲的麦根，却有些担心了，这不下雪，明年的收成就不好说了。

老人们靠在墙根下晒着暖儿，说着那些年前的雪，真是大啊！白茫茫的一地，整个村庄就像刚出锅的大白馒头，白白胖胖，热腾腾，暖融融。村外的田野上、沟壑中铺天盖地地洒满了厚厚的大雪，一层层、一叠叠，跌宕起伏，眼花缭乱。性急的人不等雪停就牵了狗，喊着：走，上地里去逮兔子去喽！他们三人一伙，五人一帮，在田野中大声地喊着叫着，尽情地撒着欢。老人们念叨着：那兔子可真肥啊，在雪地里一逮一个准。

这样的雪景眼下可是少多了，瑞雪兆丰年，能下上一场大雪那可是不可多得的福分啊。在漫长的冬季，在乡村，人们的心思几乎没有多少的奢望，能为儿女们完成一桩婚事，能在冬季让庄稼享受一场大雪的爱抚，他们的想法就是那么贴切而又实际。那大红的窗花、那暖融融亮晶晶的雪花构成了漫长冬季大地上最美丽的一道风景，那些花儿在人们的心中绽放得是那么圣洁而又亮丽。

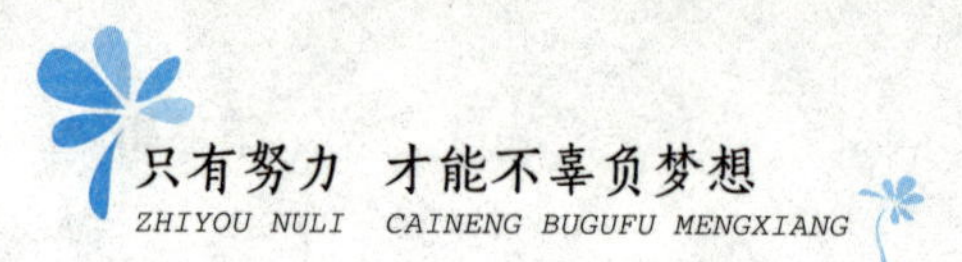

身居远山

▶ 文／程广海

人应该装饰的是心灵，不是肉体。

——高尔基

其实，那天晚上我们谈得非常高兴，尽管心底都有一丝难以诉说的哀愁和悲凉，但毕竟我们还有一息尚存的希望和渴求。那时候，面对眼前贫瘠的小山和石缝下挣脱出的那几丝绿色，我们感到了一种无法推卸的责任，于是，谁也无法安静下来。

初见这绿树成荫的山庄和蜿蜒起伏、怪石突兀的小山，呼吸着山野凉爽的风，我有着近乎孩童般的天真，你不会笑我的无知和惊奇吧？面对自然，做着种种浪漫的憧憬，真想在小山下垒一间房子，学做陶渊明，从此就做了山里人呢，你只是无言地笑笑。

正是麦子扬花的季节，麦穗在黄褐色的山地中努力地往上挺拔着，炫耀那一份生机，它们的香气是那么诱人。路旁的野花有不少早就凋谢了，花瓣伏在枝头上，失去了往日的光彩。路旁只有一些长得旺盛的草木，在阳光下，它们静静地等待着秋天的日子。

整整五年了，我深居深山的朋友。你五年的时光得到了些什么呢？除送走了两届初中毕业班外，收获的只是在额上多了几道岁月的痕迹罢了。我们说起同在一个宿舍的舍友，他们或进了政府机关、或去了高薪的大公司，而只有你守候在山里的学校，真的为你感到惋惜。你只是笑着摇头，这些，不是我所要的。

省城里很少能见到这样原生态的山村景色了，我惊叹这环境的优雅宁静，却又担心你是如何熬过这寂寞的时光的。我翻阅着你存放的书刊和大摞教学资料以及极少的书信，想象着你接到朋友们的来信时欣喜的样子，也就感到朋友们相互间的交流是多么的珍贵。你说，一个人在静下来的时候，面对这山，在昏黄的灯光下，回忆那心间的一方绿洲，该是最享受的时刻了。如此，回忆历史，面对现实，看到那些山里孩子渴求知识的目光，你感到没有一刻轻闲的理由和推卸的责任，这便增添了留下了的信心。

山顶，有那个苍白的月亮伴你同行，你不会再感到孤独；远处的树木处在朦胧之中，显得黑黝黝一片。我们找一块光滑的石板坐下，遥望远处的灯光。这时，从脚下飞来一串布谷鸟的鸣叫，那声音由远由近，又慢慢地落在山下那片麦田之中了。

山地间已静得动人，空气更加清润凉爽起来。我们就这样面对面坐着，默默地把烟吸得一明一暗。

我们不再说话。天边那轮明月，已升起很高了，悄悄地挂在远处的树梢上。

书 缘

▶ 文 / 老海

书犹药也，善读之可以医愚。

——刘向

那年冬季以来的第一场雪还在零星地飘落着，整个大地已是白茫茫一片。风似乎小了些，但寒气依旧逼人。就在这个冬季，我遭遇了人生中的第一次不知是好还是坏的重大转机，辍学下井。我离开学校时，在学校大门口站着我的班主任赵老师，他显然是抵不过寒气的侵袭，不停地跺着双脚，赵老师说："你努力一下，还是有可能考上中专的，这一辍学，真是太可惜了。"

我的脑子里一片空白。母亲身体长期不好，几乎不能参加地里的劳动，生活的重担都落在父亲一个人的肩上，而且家里穷，我又是家里的老大，弟弟妹妹还要上学，看着日益憔悴的父亲，我心里挺难过的，我不出去工作有什么办法呢。赵老师说："往后参加了工作可别忘了学习啊。"我接过老师送给我的书，小心翼翼地夹在破烂的棉袄里。目送着老师走远了，我才掩面痛哭起来，那微弱的哭声在寂寥干冷的冬季，显得那么苍白无助。

老师送给我的是一本人民文学出版社1979年版的《猎人笔记》。我到煤矿参加工作时，刚刚读到初中三年级，一直比较喜欢作文课，自然，教语文的赵老师也非常喜欢我，他常拿我的作文当范本，在教室里富有情致地读着那些幼稚的文字。从那时起，我就在心中埋下了喜爱文学的种子。

在煤矿，闲暇的业余时间基本上是无聊的，除了喝酒，就是闲逛。那些远逝的青春岁月就这么悄然飘走，却无一丝的珍惜。唯一慰藉的是老师送给我的那本《猎人笔记》，让我在人生的理想里还有那么一丝若隐若现的希望。

使我萌发买书的念头是一次偶然的机会。那时，我们宿舍里除我外，还住着其他四个采煤工，平日里没事常打闹着玩。有一次他们三个人喝醉后，把宿舍的水瓶全打坏了，闹得很不愉快。我一气之下，到矿区书店看书，以打发无聊的时光。

严格说来，这是我第二次接触到纯文学书籍，而且是一本小说集，冯苓植著的《驼峰上的爱》。看完书后，我被一种强烈的母爱和草原美丽的景色所打动着，它为我了解世界打开了一扇明亮的窗户。后来才知道，冯苓植是一位作家，怪不得写得那么好。从此后，我开始了练笔，进行文学创作的尝试。

很可惜的是，这本书在陪伴我一年后，怎么也找不到了。后来，我各处留心去买，也终未能如愿，留下一桩憾事。

每当在文学创作之路上遭遇挫折或生活中有什么不愉快的事情时，我总是默默地坐在书桌前，伴着袅袅茶香，回想那浅灰色的封面：轻淡地勾勒着一匹高大的骆驼，骆驼上坐着一个女人（好像还抱着一个孩子），就会自然地走进那大草原的纯净世界之中，领略着无可言状的母爱。

当我提笔写下这些文字的时候，泪水禁不住又流淌下来。是为在风雪之中为我送书的老师吗？或为诉说不尽的磨难？或为两本小小的书？或许什么都不为？但也许什么都为！

我觉着，一个人在静静的月光下又想起这本书，又怀念着一位值得尊敬的先生，那便有必要对这样的老师和书本表达我对他们深深的敬意，因为我从老师伟岸的身影中读到了慈父般的关爱，从书中了解了世界。

满地落叶

▶ 文 / 程多多

心灵美就是精神的美与道德的美。

——库申

那一刻，整个树林多么静谧而又安详呀，淡淡的阳光透过稀疏的树枝轻轻照耀在泛黄的落叶上，地面一片金黄。落叶在微风的飘动中，极不规则地叠落在一起，整个树林就像铺了一层厚厚的地毯。

树林中的鸟一只只地飞走了，它们都去寻找另一个家园。冥冥之中，有一种说不出来的感觉和无形的力量牵着你来到这片树林，它们实在太诱人了。春夏秋冬，生生死死，生命原本就是这样一个无法更改的轮回。自自然然来，从从容容走。它们在秋雨中的侵蚀和腐烂中，化作泥土，来年又是一个鲜活的生命了。

你这样想着，渐渐走入树林深处，那里有多么迷人而又想象不出的风景啊。你曾经在梦中多么强烈地渴望能融入这样一片土地和风景中，而梦中的情景，似乎就在你的眼前，于是此时，你变得平静了。

夕阳的余晖正一点一点地远逝而去，渐凉的秋意从四周弥漫而来，笼罩在树林的周围，清澈而又凉爽。让那颗被世俗熏染的心沉静下来，享受这难得的意境和氛围，于孤独中想象它们生命中的另一种蓬勃的张力和回声，该是人生的另一种境界了。

夜幕就这样悄无生息地降临，天空中只有点点的星光在随你飘动，树林中除了满地落叶，还是满地落叶。它们在静寂中相互依偎，随风起落，你只能感觉它们在夕阳的余晖下闪烁着的遍地黄金。你的眼睛湿润着，你真有些不忍把那双脚踩在它们圣洁的叶片之上。树林中飘着落叶时节那种特有的香味，除此，夜幕静得连那轻轻的跫音都已无法听清。

还要什么呢？你只能融入这境界之中。

从远处的校园里飘来理查得·克莱德曼的钢琴曲，是谁在用心倾听呢？

已是泪流满面。

其实，满地落叶是人生的极致，是生命辉煌和再现的另一种形式。

一个人的春节

▶ 文／尹喜梅

慈善是心灵的，而不是手的美德。

——阿狄生

每到春节临近，关于回不回乡下老家过年一事，总要争论一番。年迈的父母住在乡下，我工作忙，一年难得回几次家，主张回老家过年。况且，我是长子，给家族长辈们拜年，我是必须到的，否则，别人会笑话。

女儿嫌老家冷，住行不方便为由，主张隔一年回一次；妻子则要求回她妈妈家过。但她们都拗不过我，每年还是要回到乡下老家，和我父母一起过年。

去年春节临近的时候，我对妻子和女儿说，今年春节我不回去了，我想一个人待着。妻子知道我那一段时间心情不好，也没有说什么，带着女儿回老家了。大年三十中午，我简单地吃了点饭，拔掉了电话线，关掉手机，听着喜欢的音乐，看着喜欢的网页和文章，一个人静静地度过这难得的悠闲时光。夜晚临近，楼下零碎的鞭炮声把我惊醒，年来了！年来了！

我想着老家里早该贴上父亲书写的大红对联了吧？母亲肯定做了不少我喜欢吃的年糕。离开父母这么多年，还是第一次没有和他们一起过年，老人会不会怪罪我呢？

初一早上，我反锁了家门，依旧静静地品茶读书听音乐，想让那颗疲惫的心灵在时光的静寂中得以抚慰。恰恰相反，我想努力忘掉那世俗的烦恼，可在脑子里依旧是挥之不去。索性站在阳台上，遥看百里外的故乡，从那个方向不时传来阵阵的鞭炮和礼花的声音，又勾起了我对故乡人情风物的思念和怀恋。

妻子对我放心不下，初二一大早，便急匆匆地从乡下老家赶来，我问起她们在老家过年的情形，她说："年三十吃团圆饭，父亲看你没有回来，躲到屋外一个人偷偷掉眼泪了。"

我为一些俗事而苦恼着，本想利用春节的假期调整一下自己的心态和情绪，却不想不仅未能免俗，反而惹得让老父亲为我牵挂。我打开关了三天的手机，里面的短信有几十条，有亲人的问候、同学同事的祝福、文友的鼓励，看着那些温暖的文字，心里漾起丝丝暖意。

人生活在世上，是不能免俗的，至此，我不再为一些事情而伤怀。但凡你生活在人间，就免不了吃饭穿衣睡觉，就要为生计而奔忙，为那些离别或团聚而流泪，这便是真实的人生。只有想明白了，历经磨难的生活和心态才会因此而变得笃定从容。

我不想再过一个人的春节了，它让我有了许多惊悸和思考。回到父母的身边，在母亲面前撒一撒娇，享受着母亲那喷香的饭菜，听一听年迈的父亲他依旧响亮的呵斥声和姊妹们爽朗的笑声，这才是我想要的春节氛围。

今年春节的脚步越来越近了，思念亲人的心绪一直萦绕在身边，我在心里默念着：春节，春节，我今年一定要回老家过！

沉默的村庄

▶ 文 / 燕子南飞

母亲的心灵是子女的课堂。

——比彻

新年的第一缕阳光在我毫无觉察中飘进生活，可我的心却还停留在2012年的那场寒冬之中。仿佛一整个冬天的冰雪还覆在心头，一整个冬天的寒风，还在呼呼地吹。

记得那是个寒风呼啸、大雪纷飞的夜晚，我给故乡的父亲通电话，我问他冷吗？父亲笑呵呵的回说，不冷，晚上盖着三床棉被呢。

母亲呢？我问。

她也不冷，天天守着火炉呢。他说。

父亲企图用哈哈的笑语声把我冰冷的心情搅热，可那些看似欢快热闹的氛围，还是把我的心弄得生疼。

我想起早晨，我独坐在电视机前捧着一杯热茶看新闻。屋子里没有开暖气，哈气成冰。电视荧屏中那个西装革履的年轻男主持，用字正腔圆的腔调，有条不紊地播报新闻，他说，西伯利亚的寒流已经再次袭来，昨天晚上，中国最北部的村庄漠河已经降到30年来的历史最低温度——零下52.3摄氏度，而邻国俄罗斯因为寒冷天气，有近百人被冻死冻伤。

播报那条新闻时，他表情淡漠、语气平和，像是在诉说一件与他无关的故事，我却从中听出了彻骨的寒意。这让我忆起了远方的故乡，一整个冬天，寒风吹拂着的村庄都是宁静沉默的。在呼呼狂风之中，在漫天大雪纷飞之中，在无尽的枯枝黄叶零落之中，它安然无语，静若处子。

当冰河封冻、万物萧瑟时，孤独的村庄就成了一位在寒风中郁郁独行的老者。因为荒野太大，太辽阔，因为他无处藏身，在持久寒风的吹拂中，他被无情的寒冬冻僵了，脸上没有一点动人的表情。

也就是那个夜晚，我在孤灯下捧着一本书静静地读，读到刘亮程的《寒风吹彻》时，内心开始有一股冷风轻轻地吹，直至把整颗心吹成冰坨。书中，这样的句子像窗外的落雪，悄无声息地落在我的心上——

“许多年后有一股寒风，从我自以为火热温暖的、从未被寒冷侵入的内心深处阵阵袭来时，我才发现穿再厚的棉衣也没用了。生命本身就有一个冬天，它已经来临。”

“每个人都在自己的生命中，孤独地过冬，我们谁也帮不了谁。我的一小炉火，对这个贫寒一生的人来说，显然杯水车薪。他的寒冷太巨大。”

“母亲拉扯大她的七个儿女，她老了。我们长高长大的七个儿女，或许能为母亲挡住一丝的寒冷。每当儿女们回到家里，母亲都会特别高兴，家里也顿时平添热闹的气氛。”

“但母亲斑白的双鬓分明让我感到她一个人的冬天已经来临，那些雪开始不退、冰霜开始不融化——无论春天来了，还是儿女们的孝心和温暖备至。”

“隔着三十年这样的人生距离，我感觉到母亲独自在冬天的透心寒冷，对此，我无能为力。”

“雪越下越大。天彻底黑透了。”

那些文字，像是一扇窗户被野孩子投来的石头砸中，轰然破碎，彻骨的寒风一股脑儿灌进屋子来，把冰凉与伤痛永远地留下来了。

我想起我年老的父亲和母亲。也正如他所写的那样，他们的冬天已经来临，可是我却无能为力，我帮不了他们，因为我也要孤独地过自己的冬天。如今，隔着三十多年的人生距离，我无法给予他们一丝灵魂上的温暖，我唯有在远方孤独地观望，感受他们在自己的冬天里透心冰凉，看着他们被寒风吹彻。

那晚我无语地掩上书，想把寒风也合在书中。可我却再也无法阻挡冬天的寒风，从我心底某处不知名的地方，呼啸着吹来。

那风应是从故乡吹来的吧？印象中，在故乡，冬天里的村庄是被那些灰色的房子和孤独的树占据着。冷风就在空寂的街道上穿梭往来，它们摇晃树木，卷起落叶，可劲儿地弄出一些引人注目的声响。它们虽然敲不开一扇门窗，可是，它们仍然从它们熟悉的缝隙里钻进来了。

那些孩子流着鼻涕埋着头并不理会它们，而那些老人却哆嗦着起身，与它们打招呼。其实那也不算是招呼，他们只是干咳了几下，告诉它们，我们还在，仅此而已。

这个冬天，父亲和母亲都成了村庄里的一棵树，繁叶落尽，独对寒冬。他们身边的孩子已经长大，去走自己的天涯了。像原来栖落于树上的那些鸟儿，在寒风吹来之前已经早早离它们远去，飞向远方，只有枝杈间支起的巨大的鸟巢还在——在寒风的吹拂中，摇摇欲坠。

其实，孤独沉默中，寒冷的村庄也有篝火可以取暖。噼噼啪啪的干柴在燃烧着，把曾经的繁华，一片一片，烧成灰烬。篝火旁，多半是像父亲和母亲这样的老人，火光在明灭中把他们的脸庞烘得通红，把他们的前胸烤热，却永远无法烤热他们驼着的后背以及那颗孤独寒冷的心。柴火的灰烬在篝火的燃烧中，无声地落在他们的头上、脸上、身上，又无声地飘落在他们将至尽头的生命里。

深冬的夜越来越深了，雪也越来越大了，我突然感到巨大的、无尽的寒冷与黑暗，降临在村庄里，降临在了父亲和母亲的生命中。

那天，我在寂静的夜晚想着一些事情，我想，即便我日夜守候在他们身边，那些巨大的寒冷仍然还会降临，还会一点一点冻僵他们的身体，还会一点点熄灭他们内心的火焰。可是我还是想在这风雪之夜赶回去和他们守在一起，一起抵挡这属于他们生命中的寒风。

很多天以后的一个早晨，一缕阳光打在脸上，在暖阳的沐浴里，我听妻子哀伤地说着一件事情。她说，她年老的外婆在这个冬天走了。她说，就在昨天，早晨吃饭的时候还是好好的，下午的时候就不能说话了。她温热的口气轻轻打在我的脸上，痒痒的，我瞪大眼睛，企图在她迷惘的表情中找到一些什么。可是，最终一无所获。

那天，我被她目光中巨大的寒冷冻住了，久久无法言语。

我知道，因为冬天，我和我故乡的村庄一起沉默了。我也成了村庄里一棵繁叶落尽的树。

风，吹过四季

▶ 文 / 牧歌

我们已经背弃了大自然，她曾经那样正确地为我们指路，而我们却想用她的教导来教训她。

——佚名

不知你留意过没有，风，总是在自由自在地吹，从春到夏，从秋到冬。当你发现这一点的时候，总免不了要生发出几许伤感、几多无奈、几分哀愁、几处彷徨——你期盼着，风，能停下奔跑的脚步，等一等你那颗落后的灵魂，可风没有。

你忆起少年时候的某个午后，风撩起你的黑发，你青葱般的脸庞被阳光涂抹成金色。柔柔的柳条下，暖暖的风，差一点把你吹睡了，是母亲清脆的呼唤声把你唤醒的。你抬起头，茫然四顾，然后把头转向家的方向，在长长的张望中，终于，你看见了母亲一纸影影绰绰的剪影。这时，一湾河水正在你身后哗哗欢快地流淌，一只鸟儿，隐藏在枝桠间，扑棱着翅膀正欲远去。

风吹杨柳，花香弥漫。那个时候，少年的心如同这春天的风，暖暖的、柔柔的，有着万顷碧波的柔情和一溪春水的欢快。

之后，便是二十出头的青年，在炎炎盛夏的热风里劳作，汗水滴滴答答淋湿脚下的尘土，刺目阳光里，睫毛上的汗水折射出七彩光芒。那夏日里的风有着滚烫的温度，也只有在夕阳西下的时候才变得凉爽起来。于是，你紧皱一下眉头，用衣袖撸一下额头，苦熬着，盼望着月色能早点降临，最好再来一场酣畅淋漓的大雨。那颗年轻的心，是躁动的、沸腾的，有着滚烫的温度。风吹来，是不安，风吹去，也是不安。

后来呀，便步入中年，你炽热的目光变得安详起来，脚步也有了几分迟缓。你开始把双手背在身后踱方步，在斜斜的夕阳里，在落满金色树叶的树林里散步。萧瑟的秋风吹乱了你的头发，可你的眸子里依旧有暖意，依旧有火光在跳动。秋风扯掉几片枯叶，打在你的脸上，落在你的肩头，你无暇顾及，你心中只有起起落落不停飞舞的思绪。那颗壮志未酬的心，这时候，有些小满足，也装满许多的小失落。于是，在夜晚，在猎猎秋风肆虐狂吹的时候，床上的你总是辗转反侧难以入眠。那颗心，总是悬着、悬着，一刻不停地忐忑着——少年时候高高地提了起来，此时却总不能安然地放下。

再后来，你老了，牙齿稀落，白发苍苍。呼呼的风开始在你空洞的目光里吹，在你广袤沧桑的胸膛中吹。那时候，你老花了眼，看不清楚那是春天的风，还是夏天的风，是秋天的风，还是冬天的风。后来呀，连你的耳朵眼儿里都灌满了风声，满脑子都是风声，像是有无数只嗡嗡嘤嘤的蜜蜂在飞。有时，那风是暖的；有时，那风是寒的，你轻轻嗅嗅鼻子，抖抖胡子，呵呵地笑。你说，吹吧，吹吧，把一切都带走吧。

这便是吹过四季的风——吹过人生四季的风。

有时想想，那吹过四季的风，应是在梦里，是在心中，是在空旷的大路上、陡峭的山峰之巅以及广袤无垠的原野上，轻轻地，轻轻地，毫无声息地吹过。

风，吹过四季，把葱茏的原野变成枯槁的荒原，也把一河坚冰融化成一湾欢快的溪流。可是，你蓦然回首，却什么都没有看到。

你心中只剩下呼呼的风声，在轻轻地吹。

春日浅浅春语深

文 / 牧歌

这自然法规我认为是最高的法规，一切法规中最具有强制性的法规。

——马克·吐温

春燕衔泥，杨柳堆烟。不知不觉中，春天已然降临。

可一切中的一切你却浑然不觉，你还在冬日的残梦里沉睡不醒，你身上还裹着厚厚的棉衣在灰色的马路上郁郁独行，目之所及，全然是灰蒙蒙的。忽有一日，烈日当头热汗淋漓，你瞥见一个个单薄的身段袅娜着从你面前妖娆而过，蓦然回首中，幡然醒悟，禁不住惊呼一声，啊——，春天来了！

其实，那时冬天的脚步早已走远。可记忆中，日子里一直是寒流滚滚、冷风嗖嗖的呀！

那么，春天是什么时候开始降临的呢？是飞絮蒙蒙、梨花带雨的日子；还是蜜蜂嗡嗡、喜鹊登枝的时候？没人能给你说得清楚。她来时，也没有让人捎信给你，你怎会晓得？想必，刚来的时候，“竹外桃花三两枝，春江水暖鸭先知”的诗人，还未睡醒；“人面桃花相映红”的先生还打着呼噜。可春天，已经悄悄地降临了。

晨起，尽管拂面的微风中，还有丝丝寒意切肤入骨；入夜，尽管如墨的街巷里，还有呼呼冷风叫嚣奔走；尽管那大街小巷的人群中还有穿着厚厚棉衣裹挟而过的行者，但依然，不能阻隔春天的气息扑面而来。

你看，几天前沿河走过的杨柳，还是枯枝一片，不消几日，那浅浅的绿意就从枝头冒出来，抽出一片片明晃晃的春光来。那淡黄淡绿淡紫的绒毛，像是刚刚从蛋壳里孵出来的小鸡子，毛茸茸的，鲜嫩的惹得人的心尖儿都是痒痒的。再过几日去看，那枝叶就绿得逼人的眼，密密匝匝地透不过光亮来。待到飞花似雪的时候，已经春深似海，绿叶繁花九重天了。

田间，劳作的身影愈加稠密，花间，艳丽的色彩已然缤纷。街上，行人密麻如蚁，熙熙攘攘。不必再去说那满枝繁花蜂飞蝶舞，仅那浓浓的春意、醉人的春风，就撩拨得人豪情满怀无限感慨。自然，当你开始惜春伤怀之时，那浓绿与繁花之间，那白云与大地之间，似乎就有一条江河，正翻腾着，汹涌着，滚滚而来，奔腾而去了。

敛思细想，春天来时，定然不会是一个春娃，她不会哇哇地啼哭，把你从晨梦中吵醒；也不是一轮暖日，艳艳的，一下就照红你的脸颊；却像极了一只狼狗，撕咬着一路奔跑一路叫嚣，让你在慌不择路的逃遁中，不知不觉地甩掉厚重的枷锁。她，是黎明前黑暗中裹挟的一丝亮光，你看不见，却嗅得出；是寒风里隐匿的一股细细的暖流，丝丝缕缕萦绕在鼻息里股掌间，若隐若现，无法抓住又挥之不去；她，是一位调皮的姑娘，亦是一位多情的女郎，带着明朗与欢快，妩媚与柔情，一点一点，悄无声息地将春的大幕，缓缓拉开。

谁言清欢似旧梦？原来，春日迟迟的早晨，一觉醒来，往事都已不堪回首了。不知几时，窗外，碧波万顷，满目春山。当你看清了春的模样时，绿意已经浓稠得像一条刚刚从池里捞出来的湿毛巾，不用掐，那汁液便滴滴答答打湿了一地。

春来时，喜悦一片；春去时，不必伤怀。

春痕无迹，眨眼即逝。可一颗美好的春天的心，却可以是永恒的。

夏之逃逸

文／牧歌

真诚是一种心灵的开放。

——拉罗什富科

恍然还在梦中，夏已经循着春的脚步悄悄地来临，在你浑然不觉中，渐入“骨髓”了。然而，窗外却没有了往昔蝉的嘶叫，也听不到一丝清脆的蛙鸣。更多的时候，是晨起，推开窗户扑面而来的大片大片阳光的明媚，以及轻轻咬着耳际的鸟儿的低啼。每当此时，我总禁不住要问自己：“这还是夏天吗？”

是呀，这还是夏天吗？

这个问题常常会引起我无助的讪笑，以及沉默中的久久无语。

的确，这已不是我记忆中的夏天了。时令还是那个时令，可日子的味道全变了。我记忆中的夏，远没有现在这么寂寞，也远没有现在这么空洞。它是天然野趣的，有丰满的内涵和薄如蝉翼的外衣，只需你轻轻抖动一下手指，便可以随它一同振翅高飞自由翱翔。

记忆中，那时的乡下远没有现在的繁华，没有坚硬的水泥路面，没有如织的车水马龙，也没有来不及躲避的嘈杂与喧哗，可是，夏，的确是孩子们的乐园。清晨，孩子们会用蜘蛛网做成的粘网来捉爬落在树腰上的知了。匆匆吃过早饭，避开大人的耳目，呼朋唤友，集结几个伙伴带上渔具，撸起裤管，开始下河摸鱼捉虾。而午后，夏火正值炽烈时，村外的那条小河早已被孩子们扑腾得水花四溅了，欢歌笑语从水面飘向四方。

至于夜晚，也是不寂寞的，循河而走，一路听蛙的鸣奏，眼睛不时会被眼前闪烁着的光点点亮，那是从草丛中飞出的萤火虫。东跑西窜，浅声低语，回来时，小伙伴的手已经变成了汽车的尾灯，闪烁不定——原来那手掌心里藏有几只萤火虫呢。再后来，天晚了，可大人们还在树下乘凉，还没有回家休息的意思，孩子们就从家里拿出手电筒，四处去寻找悄悄爬上树的蝉蛹……夏，在孩子们眼中，永远是充满乐趣的。

可现在，那些往事永远成了尘封的记忆。夏早已改变了模样。乡村的河流多半枯竭了，也听不到连绵的蝉鸣和蛙叫，就连鱼虾也没有了踪迹。晚上，大家都躲在家里吹着电扇，看着电视，聊着闲话，谁还会黑灯瞎火出去转悠呢？白日里，走在干净漂亮的水泥路上，阳光依旧耀眼刺目，脊背也会被炙烤得热辣辣地冒出油来，只有此时，才会让人幡然醒悟——我是穿行在炎炎夏日里。

我记忆中的夏竟然逃逸了，正如美国诗人狄更生在诗歌《夏之逃逸》中所写的那样："不知不觉地，有如忧伤／夏日竟然消逝了／如此地难以觉察，简直／不像是有意潜逃。"

再回乡下，关于夏的欢乐记忆便已经结了厚厚的疮痂，不敢去碰也不愿去揭，怕再打开那无边的乐趣会引来无边的惆怅。如今，耳旁，我所听到的是机动车从马路上疾驰而过的轰鸣声。抬头望去，看到的是孩子们躲在自家的屋檐下，四处张望着，看路上人来车往，眼中流露出来的是淡淡的寂寞与哀伤。

望着孩子惆怅的身影，我暗自神伤。夏，究竟是什么时候逃逸的呢？

像一粒糖果掉进了大海里，掬水而品，咂摸着嘴巴半天，你却再也品不出那糖果原有的甜味来。又如一滴露水落入干涸的泥土里，隐隐可见它匆匆掠过的痕迹，你却无法触摸到它原来固有的、真实有形的身躯。

北方夏日的雨

文 / 菡萏半池

随风潜入夜，润物细无声。

——杜甫

北方的夏日，几乎见不到细雨霏霏的日子。那种细雨微沐茶色幽香的雨天，似乎只有在水天连接的江南才能遇见。

当然不会只为一个这样情意缠绵的雨天，千里迢迢奔赴江南，可心里却还是会有无数个江南这样的雨日在牵挂。如果硬要在北方寻找，有那么一天两天或者三天五天，印象中，应该也是在早春时节吧！那迷人的花香，朦胧的雾气，像是一个个青春萌动的少年或者少女，把青涩的脑壳或袅娜的身影亮给你，却把淡淡的娇羞藏在心里面。

或许是书读多了，总幻想有那么一个细雨蒙蒙的雨天，撑一把油纸伞，踱步在繁华落尽的江南古镇。脚下是历史厚重的青石板路，眼中有洁白的飞絮在空中飘荡。那一刻，或是孤身一人，三两知己亦可，最好是有红粉佳人相伴。就那么闲来无事地一边走，一边看，一边聊，让浅浅的笑浮现在脸上，任淡淡的寂寞与欢乐沉在心底——那定是人间最美的享受了。

可是，那只是梦幻罢了，想想而已。

现实中，北方夏日的雨哪有那么温情？多数情况，雨来，如锣鼓喧天的戏场，雷声风声雨声各种喧哗声叮叮当当合成一片，热热闹闹欢欢喜喜又痛快淋漓地下那么一场，转瞬间就烈日当头，把人照得晕头转向了。

在雨中，这样的急雨暴雨，你没有缓缓而行的雅兴，没有吟诗作赋的念头，即便是撑着伞，心中也是湿漉漉一片。要是露天徒手，就只好抱头鼠窜逃之夭夭了。当然，如果你闲来无事，也可拖条凳子摆放在门前，拿出一副优哉游哉的神情，去赏雨中的情景。

可是，暴雨铺街，雨水横流。在滚滚的乌云中，在隆隆的雷声里，看繁华世界转瞬间变得空寂起来。那份闲愁，总是有些怅然的；那份惬意，总是掺杂些无奈。或许，你还没有完全沉浸其中，心中的那面鼓，“嗵嗵嗵”，就擂个不停——烦躁起来、不安起来、失落起来了。

这样无趣的雨日，大人们多数躲在屋子里闷闷地过日子。有时，也会敛起心思，捧一本书无可奈何地读。但最感惬意的，还是躺在床上睡懒觉。下雨了，屋子里也开始凉爽起来，灰暗起来，仿佛夜幕提前降临。无聊中，困意袭来，沉沉而眠。

可是，孩子们却不。他们叽叽喳喳地争吵着，把你叫醒，让你陪着他们到雨中玩水。

没等你穿戴好，他们就披挂整齐了，小小稚嫩的脸藏在雨衣帽子里急切地望着你，催促你快点下楼。这时，他们手里早已拿好了水枪或是水盆，一对对穿着凉鞋的小脚踢踏踢踏急切地踏着地，像是在擂冲锋鼓。

不喜欢雨天和人聚在一起打牌、聊天，也只有和孩子们在一起，你才能找到雨天的乐趣。他们跳水嬉戏，你叫我喊，他们用水枪把水打在你的脸上身上，撩你一身的泥水，看你狼狈不堪的样子哈哈大笑。他们相互追逐、尖叫、摔倒、哭鼻子，做出一番决然离去的样子。可是小伤心的背后，是欢乐的，那些快乐是流淌在心里面的纯洁自然的快乐。

那一刻，你仿佛又回童年。小雨成了索然无味，只有大雨暴雨才好玩。那个北方的雨，在暴跳如雷、健壮如牛的汉子眼里，在彪悍泼辣、絮絮叨叨的女人心中，又开始变得有趣起来。

想想，你会哑然失笑。

寻你，不见；其实，你仍在那里。

夏

▶ 文 / 袁桦甸

稻花香里说丰年，听取蛙声一片。

——王安石

窗户与门都开着，穿堂风撒欢儿地来回跑。庭院里的李子树穿着盛装，每一颗李子都如娇羞的少女——渐渐涨红了脸，它们日益诱人了。白昼太热情了，人们渴盼着凉夜的到来。可越是盼着，时间却似慢镜头般走了。所以，每一棵树都是人们天然的矿泉水，越大越好，看阳光透过枝叶闪动在地面的光，细细的、密密的，再听着蝉声穿过千年不变的乐曲，夏，你的味道真浓。

这个时节的白昼是热烈的。清晨，人们喜欢和太阳比谁起得早，它和人们一样，要忙碌一天，都想在夜来临时乘个凉。而白天却也是格外美的，逢着晴日，稀淡的白云，清澈的光线，柔软的风，划划船，采采莲叶，或是躺在草地上，都觉得是神的眷恋。倚在沙发上读书看报，后背便是临街的窗，窗台上是侍弄的花草，周围很安静。朋友送来新鲜的时令瓜果，洗净，闪着亮晶晶的光芒，咬一口，满口夏的芳香。

街边栽满了法桐和香樟，它们不怕夏的酷热，每一片树叶都有解渴的办法。院子正在午休，刚浇过的花草打着哈欠，正在换个姿势继续睡。喜鹊落在了房前的木杆上，它好像刚刚饱餐一顿——咂着嘴回味着余香，阳光也喜欢它美丽的羽毛，落在上面便不停地亲，让喜鹊痒得直笑。有几只鸽子从公园方向飞来，有白的，有灰的，盘旋在我的小区前后，它们也是出来消食儿的吧！还有几只苍蝇在我身前跳动着，这暑热的盛夏如何能少得了你们呢！

日头终于西斜了，我甚至可以看见月亮和那颗晶亮的启明星。好些人家的窗户已飘出勺与锅合唱的歌声，人们纷纷向各家归去。荷香飘荡的傍晚，云彩吹响了集结号——雨没打声招呼就落了下来，但大家都欢迎这解暑的雨。推开窗，任水灵灵的雨汽扑得满身满脸都是，夏，不仅有热情的太阳，更有激情的大雨。

有月的夜更是夏的宠爱。月光铺满江上，平整的江面是一席柔软的床，一颗颗星星是缀在床单上的美妙图案。这时候，我坐在江边的岸上，两边是不断眨动着眼睛的阁楼，那些灯光要与星月争艳斗芳。岸边是好多消夏避暑的人群，可他们的声音并不烦躁，那是江水给稀释的吧。

夏忙活了一季，它想休息了。而我，又抱了抱她，摸摸她的头发，让我记住她的温热与清凉。

寻找那片山水

▶ 文 / 谢玉春

眼睛是心灵的叛徒。

——魏阿特

入秋了，天气薄凉得怡人。

秋熟时分，我总是按捺不住自己躁动的身心，我想去寻找那片山水，那片我路过，却未品尝过的山水。

那片山水似曾相识，一如宝玉初见黛玉时的惊叹："这个妹妹，我曾见过。"要么我是在王维的诗里读到过的，要么是在柳宗元的《永州八记》里遇到过的，要么是在吴道子的画作里看到过的，要么是在魂里梦里一花一草的累积中而萦绕了的。总之，那片山水，我好想去寻找。

那片山水离我的住宅有六十多里，坐公车要 1 个多小时。

我独自一人来了，来到了这片山水面前。我们终于相遇了，记得张爱玲谈到爱情时说："于千万之中遇见你所遇见的人，于千万之中，时间的无涯里，没有早一步，也没有晚一步，刚巧赶上了。也没有别的话可说，惟有轻轻的问一声‘噢，你也在这里吗？’”

呵，原来你也在这里。人类与山水的恋爱也是如此，相遇在有限的时间，交融在无限的空间，我们的恋情缔结在那个契合的交叉点，仿佛一个小小鸟巢，偶筑在纵横的枝杈间。

我望向群山的下面，是一大片庄园，这里的人们对周遭的美景早已麻木，早已“司空见惯浑闲事”了。我却叹为于这山叠山、水重水的美妙，观止于大自然的神工鬼斧。

我继续向前走着，左眼读水，右眼阅山，时而是左眼披览一页页山，时而是右眼圈点一行行水，这是怎样阅之不尽的情怀啊！

树上的鸟在讲着我听不懂的语句，如果我听懂了，可能它们会跟我诉说这片山水的好多故事。然而南朝诗人王籍先生说得对——“鸟鸣山更幽”，鸟愈叫，山愈幽深寂静。流云懒懒地从树隙飘过，云儿是大山的使者，它们为一座座山传情达意呢！

叮咚叮咚的泉响，那是秋季山间的清凉，每次遇到山泉我都忍不住洗把脸，掬几捧喝喝，插手入寒泉，冰心在玉壶，我醉了。

剪水为衣，裁山为钵，山水的衣钵谁可传授？叩山为钟鸣，抚水成琴弦，山水的清音谁会读懂？山是千回百转十八盘的璇玑图，水是顺读逆流耐品味的回文诗，山水的画意诗情谁在惊叹？

我坐在一颗石上，望着跳跃着奔下山去的小溪，汇聚成山脚下的小湖，从如此活泼开朗转瞬又变得那么安然宁静，活脱一个恣意欢笑的少女转眼长成了端庄文静的姑娘了。

山道旁长满了苔藓，苔痕泛着青绿，再旁边是一棵大树，所有的树属它最高大，大树在风中梳着自己满头的青丝，进而微笑着看我这个小小的生灵。

远处荡来了一条船的欢笑声，是该戏水的时候了。我真的想找这片湖水聊聊。

我坐在船尾，喜悦无限，左手牵和风，右手携旭日，偶尔还与飘过的云朵握握手，再和那隔河相望的碧烟挥一挥衣袖。

山从四面走近来，一重一重地，似乎是绿色的花蕊，清晰地直视你的眼；人行水中央，仿佛能闻到水底的馥郁，原来是柔和的水面上，漂浮着山上落下的花叶。

酣酣的，我想入梦了，也许是我玩累了，我想梦到花气袭人，我想梦到水意芬芳。

迎春花开白山湖

▶ 文 / 谢玉春

有恬静的心灵就等于把握住心灵的全部；有稳定的精神就等于能指挥自己！

——米贝尔

春天的阳光照射在葳蕤的树叶上，透过针尖的松叶筛选落下来，使松树显得特别精神，充满了青春的活力。

大地穿着阳光照射的金色衣服，我来到白山湖边，在白山湖的脚边、膝下、怀中散步嬉戏。时而抚摸迎春花，时而和野草握手。

放眼望去，迎春花躺在白山湖边，在春风中轻轻摇曳。一簇簇的花开，一片片地绽放。在白山湖的两岸，迎春花你追着我，我赶着你，恰如围在白山湖脖颈上的花环。迎春花粉艳夺目，和碧绿的湖水相得益彰。湖水绕着群山蜿蜒而走，迎春花就顺着湖岸相依相伴。

我登上了一艘游船，向上游慢溯而上。我惊叹于大自然的无私馈赠，展现在我眼前的是一幅堪比“富春江”秀丽山水的美景。记得吴均在《与朱元思书》中这样夸赞富春江：“风烟俱净，天山共色；从流飘荡，任意东西……水皆缥碧，千丈见底；游鱼细石，直视无碍。”吴先生畅游的富春江是山明水秀的，而我眼前的白山湖同样绮丽无比，那是因为两岸的迎春花，让白山湖变成了一身粉裙装扮的婀娜姑娘。

望向湖面，白山湖水的面是一些异常纯净的碧绿色，在它格外沉静的面容里，我仿佛可以看见水流晶莹剔透的韵律与音色，就像场面宏伟的管弦乐队中的一块三角铁，也许只需轻轻地一击，就可以传出极富穿透力的敏锐乐音。河床中间的卵石很大，高高隆起在水面，有那软软的苔藓附着着。

偶有风吹掉的树叶落在水面上，就如一叶叶扁舟在游弋，更显现出水流的平稳了。仔细听着，那亲切的流水声，它好像在絮絮低语，又好像是撒泼使性。这时我看见许多游人，他们应该是和我一样，醉心于白山湖的绮丽春光里，醉心于迎春花开的曼妙世界里。

周围的游人竞相拿出手机相机拍摄这难得的美景，他们口中说着各地的方言，甚至是外语，但他们的语气与表情无不是惊叹与欢喜。

我头顶上，在明媚的春光里，树木正在交头接耳地窃窃私语，李树刚绽出淡黄的叶子，松树叶吐出了新鲜的嫩芽，四周弥漫着树叶的气息。在太阳的照射下，泥土腾起缕缕蒸气。风轻悄悄地从遥远的山峦，或者平原吹来，裹挟着大地的气息，它弥漫着，席卷着。白山湖因为这么多植被的装点，愈发显得明媚动人。

春风手握着白山湖水，把迎春花别在耳边，让每一个置身于这山水间的人们都呼吸着满满的负氧离子，方明了什么叫心旷神怡。这是大自然的恩赐，是白山湖的馈赠。

马兰花

▶ 文 / 谢玉春

理智是最高的才能，但是如果不克制感情，它就不可能获胜。

——果戈里

妈妈来电话说，家中那株野生马兰花适时地开放了。我妈给它安排在一只特别的花盆里，虽说它不是家中最漂亮的花，但就当是对野花一种格外的恩典吧。

我喜欢采挖野花。去年的秋天，我到我家市区南部山上游玩，被山岩间许多叫不上名字的小花所吸引，萌生了要把野花挖回去驯养成家养花卉的心思。虽然只是一时之想，却也就从此存了这念头，到后来终至开始了采挖野花的“生涯”。

由于生活学习的忙碌，其实每年真正有闲情逸致的出游机会很少。采挖野花需要带花铲、盛器等基本工具，而每次出去玩，因为并非专为有闲采花，所以往往准备不足。于是好多次即使发现了好看的花草，也很少能采挖回来。近几年，生活渐趋稳定，不像最初那样繁忙了，我们出游散心的次数渐渐增多，于是便常有机会采挖野花。

然而，采养野花并不是一件容易的事。

首先是难挖。野花一般都扎根在岩石缝隙，往往会挖断根；即使不在岩缝中，由于山土贫瘠，为了吸取营养，野花的根都会生得很深，也难以挖完整。比如山上的马兰花，我挖过多次，但都没有成功。好端端的一株花被我挖坏，每次心里都会很懊悔。还有一种木本带刺，开蓝色小花的灌木，我也挖过好多次，但每次都得断根才能带回家，也都没能成活。

其次是难养。野花虽然看似适应力很强，然而那是在野外，在家中则是另一回事。这和小时候养麻雀是一个道理，费很大力气捉来的麻雀，搁进笼子里，往往一天就会被“气死”。野花也有类似的情形，虽然谈不上“气死”，但对室内的环境至少会有些水土不服。最基本的一个是通风不好，其次阳光也比野外差得多，再有一个原因就是，作为养花人的我也许太过于殷勤，而浇水多对野生植物未必就是好事。这就像我们人，大家常说没有受不了的罪，却有享不了的福，野花也大抵如此吧。

为了养野花，我还买了许多漂亮的花盆。野花们在山野中盛开，花朵大都为白色，不算漂亮。但花季却是在秋天，不像苗圃里养殖的那些花，只在春天里绽放一茬肥肥硕硕的紫瓣。我挖来的马兰曾成活一棵，不知为什么却一直不开花。

去年秋天，我回到老家探亲游玩，我发现，在湖边的石缝里有很多马兰，大部分都盛开着金黄色的花朵，当地人叫它们“扇子草”。一天，我去了当地的水库游玩，虽然花了一整天时间也没能钓到一条鱼，但却收获了一株马兰——它就生长在崖边小石窝里一抔残存的松土中，因此很轻易

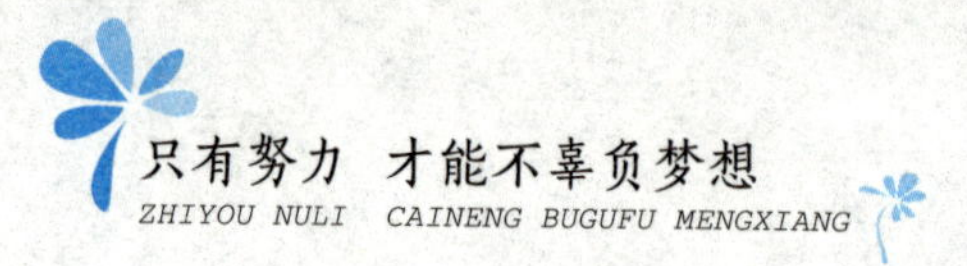

就被我连根“端”了出来。我将它带土养在一个半截矿泉水瓶里带回，最终又“驻”进了家里那只最漂亮的花盆。

我经常出差，自然也就没怎么关照家中的花草，便托母亲偶尔给那些花草浇点水。等我回家时发现家中的花草长势喜人，尤其是那株马兰，长得特别旺盛。前几天，我发现它竟抽穗开花了——不是我曾以为的灿烂的金黄，而是典雅的淡紫，这在野生品种里应该算是很难得的吧。

我想，也许正是由于我的疏于管理，无意中竟暗合了它生于荒野的天性。于我于它，真可谓幸甚至哉！

诗意剪春韭

▶ 文 / 雪原

感激是心灵的记忆。

——Bill Beattie

“夜雨剪春韭，新炊间黄粱……”读杜甫的《赠卫八处士》，我仿佛闻到了韭菜香。

乡下老家的院子里有一块空地，母亲翻松土，整好畦，种了两畦韭菜。冬天的时候，母亲给韭菜搭建了一个小小的拱棚，一开春，韭菜的嫩芽就开始蓬蓬勃勃地生长起来，母亲打了水来浇，一夜之间，韭菜叶似翡翠，绿意玲珑，散发出它特有的清香。那种清香勾引着我的味蕾，我禁不住用手掐几棵，洗净，卷在煎饼里，大快朵颐，吃得满口留香。

母亲说“一月葱，二月韭”，意思是农历二月的韭菜味道是最鲜美的，能品出春天的味道，所以，显得特别难得。每年二月，总会有乡邻来我家“借”韭菜，说是头茬韭菜能做药引子，我想他们大约是在早春百菜未生

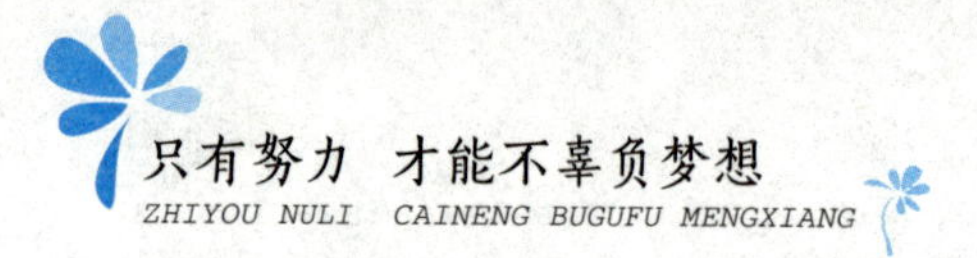

的季节，也如我般馋了这春天的味道吧？

头茬韭菜成熟了，母亲磨快那把精巧的小镰刀平着地面把韭菜一簇簇割下来，分成很多份，送给四邻尝尝鲜。母亲把剩余的韭菜清洗干净，切成寸段，旺火油锅，伴以精盐、青椒丝、味精等佐料下热锅，先炒韭菜后炒鸡蛋，烹炒至鸡蛋发黄、韭菜微软就停火出锅。

黄绿相间的鲜韭炒鸡蛋，连香味都是柔嫩的，那纯正的味道，吃一口齿颊生香。在金黄的鸡蛋陪衬下，韭菜仍保持着刚从地里长出的那份碧绿，让人感觉春真是无处不在啊。

古代的诗人不单是杜甫喜欢吃韭菜，诗人高启在《韭》中抒发了对韭菜的喜爱之情："芽抽冒余湿，掩冉烟中缕；几夜故人来，寻畦剪春雨"，把故人来访，冒雨寻畦剪春韭的情景描写得惟妙而生动。还有许多脍炙人口的诗句，如辛弃疾的《昭君怨》："夜雨剪残春韭，明日重斟别酒。君去问曹瞒，好公安，试看如今白发，却为中年离别。风雨正崔嵬，早归来。"李商隐的《题李上谟壁》"旧著思玄赋，新编杂拟诗；江庭犹近别，山舍得幽期；嫩割周颙韭，肥烹鲍照葵；饱闻南烛酒，仍及拨醅时。"元代诗人冯子振的《鹦鹉曲四〇首》其一："紫门鸡犬山前住，笑语听伛背园父；辘轳边抱瓮浇畦，点点阳春膏雨；菜花间蝶也飞来，又趁暖风双去；杏梢红韭嫩泉香，是老瓦盆边饮处。"都描写出了春韭的鲜嫩之味。

早韭不是人人都可以尝得到的，所以蒲松龄说："二寸三寸，与我无盼；四寸五寸，偶然一顿；九寸十寸，上顿下顿。"看来蒲公家里没种韭菜，所以难以吃到早韭，只有吃老韭菜了。

又是早春二月，我仿佛闻到了春韭那独特的清香。那一畦碧绿不就是一首清新的诗吗？

第四辑

Chapter Four

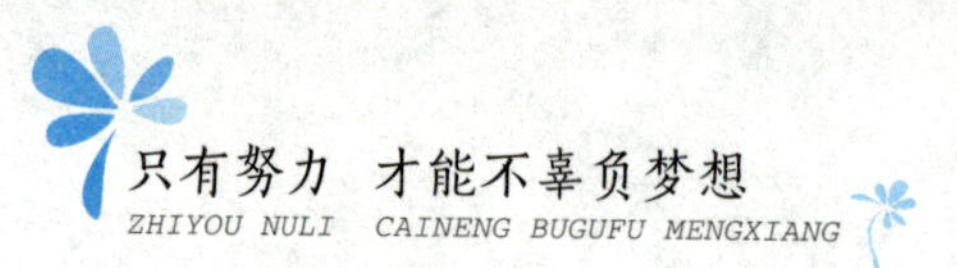

月下昙花

文 / 雪原

良好的心是花园、良好的思想是根茎、良好的说话是花朵、良好的事业就是果子。

——英国谚语

朋友打电话说她家的昙花要开了，约我去看。这等美事，我当然乐意前往，吃过晚饭，我便迈步走向朋友家。

天上一轮弦月，脉脉散发着清辉。昙花还未开放，雪白的骨朵“U”字型地往上翘起，很是威武雄健。

朋友搬了凳儿，我们共同坐在月光下，坐在昙花前，静静等待。

我闭起眼睛，静静聆听昙花绽放前的呼吸，听它是不是也有着少女般情窦初开的娇羞和心动。忽然，一阵清香钻进鼻孔，我赶忙睁开眼睛，呀！昙花那丰腴的白玉般的花苞已渐渐绽开，雪白的花瓣轻轻地探了出来。

层次分明的花瓣儿缓缓张开，如精雕细刻的白玉，玲珑剔透，组成了硕大的花朵，素洁、雍容，恍若天上的白衣仙女飘落凡尘。

朋友赶紧拿了相机来，也催促我赶紧拍下这美丽动人的一刻。我没有按动相机，我想昙花选择晚上开放，就是不想太多人记住它的美吧。

我站在昙花前，缄口不语。

月光冰一样透明，空气里若有若无地飘散着缕缕花香，让人感觉到一种莫名的亲切。

清幽的月光下，怒放的昙花犹如圣洁的仙子，以它独特的气息和灵性在幽凉的夜里翩翩起舞，开出一树属于自己的繁华，释放出悠远的清香。

我的心里充满了白天从未有过的、因花而生的幻想和惊喜。

这开在月光下的昙花，让我想起童年第一次走夜路，好心人为我打着手电的情景。念念不忘的温暖，遥远成一份无邪心情，那么陌生而又熟悉。那个夜晚，一如今晚的昙花，一直在梦里，素洁地开着。

洁白的昙花衬着月色，遥遥与天际的星星交相辉映，真是美妙绝伦。风清香弥，花影绰约，让人不禁浮想联翩。我仿佛也变成了一朵昙花，在月光下尽情而孤独地起舞，在远离了脂粉伪装的皎洁里，在一种温柔的注视里，透明而轻盈地绽放。

繁华的盛宴终将落下帷幕，犹如生命的辉煌也终将走向凋落。短短几个小时，那清雅的花瓣便带着几多不舍恋恋地飘落。

昙花的生命绝美，又绝短，甚至没来得及接受看花人的一声赞美，便一瓣瓣谢尽，谢成别人嘴中一声薄脆的叹息。而它，转身的身影是那么优雅，甚至还带着几分欢喜。

夜已过去，天亮了，昙花茎上的一片新叶，在阳光下闪着耀眼的光。

风动茉莉香

▶ 文 / 雪原

伟大的心像海洋一样，永远不会封冻。

——白尔尼

在晨光微露的清晨去跑步，习习的风里飘来淡淡的香，茉莉香。

我喜欢茉莉，喜欢它素洁、素雅的情怀，纯洁而美好，缱绻着不染尘埃的流年。

记得那年夏天，茉莉花开得正好，母亲把它搬到窗台上，风吹过，屋里屋外都弥漫着淡淡的茉莉香，芬芳宜人。那是我第一次见茉莉花开。茉莉花娇小玲珑，清纯淡雅，颜色如玉，惹人怜爱。有时候，我会对着那些小巧精致的花朵发呆，母亲总会走过来对我说："妞妞，长大了要做茉莉一样的女子啊，素心素颜，却自有风韵。"十几岁的我，已是爱美的年纪，怎么会屑于"素"呢？内心里渴望的是妖娆妩媚。

一次去江南游玩，是茉莉花盛开的季节，秀丽的江南女子，鬓发间簪一朵茉莉花，款步缓缓走过，留下一路幽香。让人想起清代诗人陈学洙的《茉莉》诗：“玉骨冰肌耐暑天，移根远自过江船。山塘日日花城市，园客家家雪满田。新浴最宜纤手摘，半开偏得美人怜。银床梦醒香何处，只在钗横髻发边。”心浸润在茉莉花的素净里，仿佛远离了尘埃，飘然世外了。

爱屋及乌，我亦喜欢上了茉莉诗，南宋刘克庄的《茉莉》：“一卉能熏一室香，炎天犹觉玉肌凉。野人不敢烦天女，自折琼枝置枕旁。”清代王世禄的《茉莉花》：“冰雪为容玉作胎，柔情合傍琐窗开。香从清梦回时觉，花向美人头上开。”读着，便觉得自己浸润在茉莉的清香里，不觉也成了一朵茉莉花。

夏日，茉莉花含苞怒放，香气甜郁、清雅、幽远，沁人心脾。想着江南女子簪茉莉花的灵秀，禁不住心动，于是，摘下一朵茉莉花别在发间。坐在镜前端望，时光穿越，一晃千年，我似乎看到发簪戴茉莉的古时女子，虽不倾国倾城，却别具风韵。如雪晶莹的花儿，伴随着淡淡的清香，把一份悠远的梦轻轻托起，于灵魂深处，婉转低语。

闲读李渔的《闲情偶寄》，文中有有关茉莉的描述：“茉莉一花，单为助妆而设……是花皆晓开，此独暮开，暮开着使人不得把玩，秘之以待晓妆也。”他还说：“是花蒂上皆无孔，此独有孔。”急忙摘一朵茉莉花细细看，果然，花蒂上真的有孔。找来针线，像《红楼梦》中的迎春一样“在花荫下拿着花针穿茉莉花。”茉莉花随着指间的针线，继续芬芳散逸，一朵一朵缀成项链挂在项间，低头抬头间，都是清香袅袅。

路遇花店，茉莉花生机勃然。素淡的花，绿绿的叶，风姿绰约的女子般。莫名的亲切，仿佛久违的故人。带回家，精心照料，早早晚晚，相知相惜。

窗外嘈杂纷繁，窗内的我与冰清玉洁的茉莉花对视，时光安静下来，素心人对素心花，一切的喧嚣便都踏尘而去，变得简单安宁。我终于理解了母亲的话：素心素颜，自有风韵。茉莉女子，外表素净，自有清香在心底缓缓蔓延……

一朵茉莉花，从绽放到凋零，只有短短的三四天，我不禁为它的花期短暂而心有戚戚。

友人说：何不让它变成茶，继续芬芳的旅程呢？于是无限怜惜地摘下花瓣晾在阳台上，等风干了，洗净了，在杯子里放几许清茶，再放几朵晾干的茉莉花花瓣，倒入白开水，瞬时，幽幽的香气在杯里升腾，萦绕。

轻啜一口，淡淡的茉莉香，伴着丝丝缕缕的心思，悠然沉浮，上下氤氲。花瓣慢慢全部张开，花形不似在枝头时那么规则了，却多了几分妩媚。一缕阳光透过窗户在花瓣上描出精致的图形，所有纠结的心事瞬间低下去，只留下一颗沉静的心。

有时，在窗台，独对着茉莉花，看着看着，突然觉得自己喜爱的这盆茉莉花，竟如此的陌生。尽管习惯了它浓郁的香味，却觉得不是它所散发出来的，也许平时太过喜欢它，觉得它如此的美丽，仿佛从没有细细地打量过它。我敢说，茉莉的叶片真的很普通，没有牡丹花叶的媚，没有栀子花叶的腴，少荷叶的气势，花朵也碎小，多隐在枝叶之间，即便是绽放枝头，感觉也是羞羞答答、欲语还休的样子，像怕生的小姑娘。这样看上去，茉莉花真的是太平凡了，也许正是这种平凡，才突兀着它的非凡。

想此，耳边回响起《茉莉花》的歌声，这首闻名世界的歌曲，歌词是如此朴素浅白："好一朵美丽的茉莉花，好一朵美丽的茉莉花，芬芳美丽满枝桠……"好看的花，多数是不香，而香花大都不美，事实往往如此。我一直以来都弄不明白，自己因何如此痴迷着茉莉花，一直以来，我都以为是因为母亲喜欢，是因为它的香味，现在，我似乎明白是何原因了。

荠菜素心

文 / 玉玲珑

我赞美人类的真心，赞美人类的本心，我觉得人类的希望就在这上面。一触到人类的本心，谁都会忍不住爱它的。

——武者小路实笃

读东坡的诗：“时绕麦田求野荠，强为僧舍煮山羹。”不由得想起小时候春天里去挖荠菜的情景。

春寒料峭之时，连小草还未萌动，荠菜已从土里钻出了小脑袋。家乡人叫它报春菜，因为它是最早从酣眠里醒来的野菜。家乡的西北方，是成片成片的麦田，那里是挖荠菜的最佳地点。提着篮儿，拿着铲儿，呼朋引伴去挖荠菜，是一件美好的事。

春风不寒，春阳照在身上暖暖的，踩着软绵绵的麦垄，泥土香和着麦苗香，沁入心脾。几个小伙伴分散开，一人一垄麦地，不争不抢，低着头，弯着腰，收获着荠菜，收获着春天送来的礼物，也收获着满心的希望。

时间寂静，笑语声声，一个小伙伴突然高喊：“看，我的篮子挖满了！

我是第一名！哦……”他得意地笑着，转着圈儿，不小心荠菜从篮子“飞”了出来，他嘎然停止了笑声，慌乱地去捡荠菜，我们望着他，“咯咯”大笑起来。

等所有的小伙伴篮子里都装满了荠菜时，我们一起朝家里走去，一路上讨论着自己的妈妈是如何做荠菜的。有的说：“我妈妈包的荠菜饺子可好吃了”；有的说：“我妈妈煎的荠菜鸡蛋饼味道真是香”；有的说：“我妈妈炒的荠菜香得没法说”……

我妈妈常做的是凉拌荠菜。把那些荠菜择去杂草黄叶，放在开水里焯熟，捞出沥干水放进盘里，然后将一些蒜泥浇在上面，搅拌均匀就可以吃了。别样的翠绿，让人垂涎欲滴。

妈妈从来不把荠菜用来包饺子或者做别的吃法。

长大后，我自作主张把荠菜洗净了、剁碎了，加了肉调成了饺子馅儿，包成饺子，请妈妈品尝，妈妈说：“味道不错，但肉遮了荠菜的香，荠菜心素。”

我猛然理解了母亲只凉拌荠菜的心思，她是为了留住荠菜的素心。

荠菜是素的，几许绿叶，连花都是不起眼的，星星点点的小白花，几乎没有香味，极容易被人们忽略，但就是这毫不起眼的荠菜，却是旷野里的报春使者。很多植物还未从冬眠中醒来的时候，它已经把春天的消息传给风、传给雨、传给人们的眼睛。“城中桃李愁风雨，春在溪头荠菜花”，看到荠菜，就看到了春天。

我喜欢上了荠菜，喜欢它旺盛的生命力，喜欢它身上那种清淡的、带着泥土气息的本真味道。我像母亲一样，只把荠菜凉拌来吃。

一盘碧绿，素心盈盈。细细地品味，那是一种清醇，一种淡泊，一种宁静。

过年才能吃到的“福菜”

文 / 程倩

知识是心灵的活动。

——本·琼森

在我们鲁西南的老家，从腊月二十三小年开始，家家户户便都开始忙起来，打扫卫生、找先生写对联等。忙着蒸馒头蒸花卷蒸豆包、炖鸡熬猪蹄冻、还要炸鱼炸藕合炸肉丸子，等等，置办许多好吃的年货。其中有一个家家户户最看重的，那就是准备过年的酥菜，这可是过年的一个重头戏。辛苦忙活了一年，一家老少聚在一起，丰盛的年夜饭是少不了的。而年夜饭中的菜，“福菜”则是最不可或缺的。

“福菜”其实就是酥菜，过年了，为讨一个喜气和美好的祝愿，老家的人们一直把酥菜叫“福菜”或“福子菜”。酥菜其实还有一个别名，叫“过油”。除夕的前几天，人们赶集上店或在路上遇到熟人，便热情地问对方：“你家过油了吗？”那人便说“过了，过了！”据山东大学出版的《民俗研究》记载，酥菜最早是山东及周边地区旧时过年供奉的一种过油食品，后来这道菜才慢慢走进寻常百姓家，成为过年一道必不可少的美食。

在我儿时的记忆里，父亲总是把酥菜看成很神圣的一件事情。提前几天就把木材劈成细细的一截一截，晒干后垛起来，准备炸酥菜用。按我们当地的习俗，在炸酥菜这一天，大人不让小孩围厨房，是为了避讳小孩子们乱说话不吉利，得罪了灶王爷。此外，还要给灶王爷上香、磕头、放火鞭。这一系列的事情做完后，母亲才慢慢地烧火，父亲则看准了火候，把事先和好的过油菜放进油锅，霎时，油锅里泛起小小的油花，酥菜的香气顿时弥漫着厨房，飘溢在整个小院。

第一锅的酥菜出来了，黄澄澄、焦嫩焦嫩的，从里往外冒着香喷喷的热气，那是谁也不能先吃的。母亲端着新出锅的酥菜，先忙着给香台子上面一侧的灶王爷像上供，然后，母亲又进了堂屋，给列位祖先的牌位上供，这才算完成了酥菜的程序。此后，才轮到我们小孩子们吃，母亲分给我们每人一小块酥菜，我们姊妹几个高兴地吃着往外跑："我家过福菜喽！"

过年准备的酥菜有很多种，鸡、鱼、肉、都可以做酥菜的原料。在20世纪80年代初期，大多数人家生活还不是很富裕，只是做普通的酥菜。就是用葱花、姜丁、茴香面、十三香掺入和好的面中，做出圆形的丸子或条或块状的酥菜。即便这样，有些家境不太殷实的人家，酥菜的数量也不是很多，这些酥菜刚好够招待亲戚朋友的，余下的就很少了。

在我印象里，父亲过酥肉最拿手。他先把五花肉切成薄薄的一片一片，用老抽、茴香面稍微腌制一下，再淋上一些香油，然后用蛋清、面粉、淀粉加适量盐，打成糊，给肉片上浆，肉片腌制十多分钟后，就可以挂上面糊放到油锅里炸了。炸出的酥肉色重味浓、外酥里嫩，那叫一个好吃！

无论什么样的酥菜，最经典的吃法就是炖。特别是炖大白菜，令人百吃不厌。先用姜丁、大葱、花椒、茴香等在六七十度的油温下爆炒，然后再加入一大勺黄酱继续翻炒，等炒出黄酱的香味后，加上水或老汤，然后依次放入白菜、酥菜、豆腐、粉条用慢火炖着。

炖出的酥菜，颜色有些重才好，因为大酱的味道都已经浸入各个配菜中。酥菜里亮晶晶的粉条、软软的豆腐和白菜，看着这热腾腾的炖菜，真叫人垂涎欲滴！特别是在北方寒冷的季节，能吃上这样一道热乎乎的炖酥菜，那叫一个舒服！

离开家乡许多年了，我依然记着那个叫做“福菜”的美食。我走过许多地方，品尝到许多美食，总觉得没有父母做的“福菜”味道那么纯、那么香！其实，算作乡愁也罢、怀旧也罢，“福菜”所带给我的是故乡的春节那热闹、温馨的氛围，还有家家飘着的浓浓的年味！

逮野兔

▶ 文 / 程广锋

生活是锻链灵魂的妙方。

——勃朗宁

20世纪70年代初期，我们农村里的人家是吃不起肉的，就连过年甚至也吃不到一点肉腥味。于是，掏麻雀窝、下河逮鱼、逮野兔就成为我们解馋的不二选择。尤其是期望能逮着大一点的野兔，好好饱一下我们的口福。

在我们鲁西南老家，逮野兔最确切的说法应该是逮兔子，这是多年来祖祖辈辈的人们约定俗成的一个叫法。应该是20年前，那时的每年麦收时节，总有一些野兔从麦地里窜出来，没头没脑地乱跑，收麦的人们喊着："逮兔子，逮兔子！"于是，十几个或几十个收麦的人放下镰刀，拿起木叉，呼拉拉地聚集起来，朝兔子奔跑的方向追赶。

大多数的麦地这时已变得空旷起来，兔子几乎没有了躲藏的地方，从四面八方围过来的人几乎不费力气，就把兔子逮住了。最先逮住兔子的人，攥着兔子的耳朵晃动着说：“晚上到我家吃兔子啊！”没有逮着兔子的人们趁着这难得休息的空，抽几口烟，放松一下累弯的腰。于是，五月的麦地里不仅散发着清新的麦香，还荡漾着由逮兔子带来的欢乐气氛。

一年之中，麦收时节和冬季下大雪是逮兔子最好的时候。收完麦子的人们，趁着玉米地还没有长起来，带着自家的狗，三三两两地一伙，循着兔子出没的地方，一天总会逮个三五只。到了秋季，玉米地长起来，再加上坡地里茂盛的野草较多，就很难逮住了。不过，我们很快就发现了一个兔子经常出没的聚集地，那就是村西边一大片紧靠幸福河的芦苇地。

这片芦苇地旁的河堤边，正是兔子藏身的绝好之处。正是秋天，大片大片的野芦苇密密麻麻地排列着，要想在这样的地方逮兔子，太难了。我们不死心，先是在河堤上和芦苇附近来回地奔跑，以便把兔子轰起来，目的是把兔子赶到在地下打好的兔窝里。一旦发现兔子进了窝，我们就守好洞口，找来干柴、芦苇、树叶等，用火熏兔子。用不了多长时间，兔子受不了烟熏火燎的气味，便会一头窜出，正好撞进事先架好的尼龙网子里。

下雪天是男人们极难得的逮兔子的好日子。早上一觉醒来，外面早就铺天盖地地下起了雪，不必说孩子们那撒欢的样子，大人们也嚷嚷着下雪了！下雪了！这声音把许多人的倦意和懒惰冲洗得干干净净，人们心头多了一份欣喜和鼓动。大人们拿起几乎闲挂了一年的猎枪，约了几个好友去逮兔子。我们小孩子也嚷嚷着跟在身后，然后是狗儿们激动的狂吠声。于是，空旷的平原雪地里，晃荡着逮兔子人那笨拙的身影。

我们山东人历来喜欢大块吃肉，大碗喝酒，所以，吃野兔的方法也比较粗犷一些。旺旺的柴火把红红的辣椒一炸，随后舀起几勺大酱，再放进花椒、茴香、姜块翻炒后，添满一锅水，把兔肉、大块的萝卜放进锅里慢慢炖着，一支烟的工夫，锅里就飘出丝丝的兔肉香味。

到了傍黑，雪还没有停呢，继续飘飘洒洒地落着。小孩子们也没有了困意，厨房里正飘着浓浓的兔肉香气呢！吃一口兔肉，筋道，且满口留香！再吃一口那炖得烂熟的萝卜，萝卜被那野兔肉的味道包裹着，入口即化，连呼“过瘾、过瘾！”品尝着香香的兔肉和浓浓的烈酒，这应该是辛苦劳作的人们一天中最惬意的时光了。

据考证，兔子的踪影最早在《诗经》里就已经出现，《小雅·瓠叶》中“有兔斯首，炮之燔之；君子有酒，酌言献之”，描写了当时食兔的情景。《周南·兔罝》中“肃肃兔罝，椓之丁丁；赳赳武夫，公侯干城”，记录了当时猎兔的情景。另外还有《韩非子》的“守株待兔”，《史记》上的“狡兔死走狗烹”名句。唐代诗人王昌龄在《围猎》中写道：“少年猎得平原兔，马后横捎意气归。”表现了少年猎兔获得丰硕成果的画面，这些历史上关于兔子的记载，就是野兔。

野兔的习性十分灵活，听觉和嗅觉十分敏感，奔跑速度极快，达到每小时70公里的速度。它们喜欢生活在有水源树木的杂交树林里、草原沙地、低矮的荆棘灌木丛林和平原的麦地及其丘陵地带。它的隐蔽性很强，其肤色与周围的杂草相近，你即便走到野兔的跟前，也很难发现它的踪迹。而野兔似乎也知道这一点，它常常等人们走近它不到一两米的时候，就会忽地一跃而起，从杂草丛里或庄稼地里窜出来，把人们吓一大跳。

家兔是由一种野生的穴兔经过驯化饲养而成的，它是食草性动物，以嫩草、野菜、树叶、嫩树枝为主，生性胆小，怕热、怕潮。很难适应恶劣艰苦的环境，但它的繁殖能力较强，孕期短，多产，且每胎多达十几个。

关于我国养兔的历史记载，大约是在3000多年前，以1976年在河南安阳出土的妇好墓里的玉雕兔为准。但大规模的养殖应该是在20世纪初期，由一些喜欢食用兔子的西方传教士引进一些优良的品种而来。

兔肉有“百味肉”之称，其肉质爽口，味道远在猪肉鸡肉之上。所以民间才有了“飞禽莫如鸪，走兽莫如兔”“要吃走兽，兔子狗肉”之说。野兔肉质细嫩、醇香，属山珍野味，被世界兔学协会定为“美容肉”“保健肉”。宋代苏颂曾在《本草图经》中说：“兔处处有之，为食品之上味”。

现代人关于兔子的吃法就很多了，有椒盐野兔、红烧野兔、卤野兔，等等。椒盐野兔的做法就是先将兔肉块焯水，去掉杂质和血沫，加入花椒、茴香等大料把兔肉烧熟后，用蒜末、青红椒和椒盐一起爆炒。这道椒盐野兔的特点是肉质酥干，味道香辣。红烧野兔最好在夏季吃，因为夏季高温，应该吃一些清淡的食品。中医认为，低脂肪的兔肉能起到很好的保健作用，如果在红烧的同时再加入萝卜，那是最好的搭配了。

20世纪80年代中后期，由于农药的大量使用，野兔的数量逐渐减少，一年中吃到野兔的机会越来越少了。由于政府规定人们手里不允许有猎枪，再加上环保和爱护野生动物意识的增强，庄稼地里的野兔、刺猬、獾及山鸡和鸟类逐渐多了起来。但受老人们的影响，我们轻易不去伤害生灵，即便我们逮到兔子，也有个不成文的规定，就是不逮孕兔、不吃小兔。据老人们说，如果谁吃了孕兔，家里的女人就会不怀孩子，男人不生育。其实都不用说，人们看到孕兔、小兔都会自觉地放掉。

吃亦有道，老家的人们对于野生灵的吃，还是比较忌讳和有度的，不是什么都可以胡乱吃的。说到底，还是人们心地善良。世代居住在乡村的人们，不知道敬畏生命、与大自然和谐相处这样的大道理，但他们知道，在自己生活的土地上，人活得再滋润，也不能缺少了那些与人朝夕相伴的小生灵。无论是什么样的生灵，都不可轻易去伤害，因为它们都是一个个活生生的命！

温润童年的豆浆

▶ 文 / 程广海

心灵是其自身命运的主宰。

——歌德《浮士德》

豆浆应该是一种较为普遍和平民化的小吃，从大江南北到繁华都市乃至乡野村落的集市，都可以喝到冒着袅袅香气的豆浆。

我对豆浆的记忆，是儿时来自家乡集市的豆浆摊。那时我刚上一年级，父亲在镇上的供销社上班，他几乎每天一大清早就领我到他上班附近的集市上去喝。在供销社旁边某个不起眼的角落里，挂着一张惹眼的招牌："老三豆浆"。

"老三豆浆"是因为老板排行老三而得名，集市上有三四家卖豆浆的，都不如他做出的豆浆味道纯正，因而数他的生意最好。不及走近，远远地便能看见摊子上面堆积如小丘般的油条。走到小摊面前，就看见被小棉被包裹得严实的大缸，那里面便是味道醇正、弥漫着袅袅清香的豆浆了。

这时，如果有人走过来，老三便说："老板，来碗豆浆么！"吃早点的人说"好！"那么，老板一定会提起嗓子问道："包子还是油条？"如果是想填饱肚子，那豆浆下包子是肯定的；而如果只是想解解馋，那豆浆下油条才是绝配。一碗热气腾腾的豆浆端上来，把油条掰成两根，撕成一小段一小段的，逐一泡在豆浆里。等到油条慢慢泡开，用勺子和着豆浆送入嘴里，那种感觉真是肥而不腻，嚼劲不减，既柔软又香甜。

相传豆浆起源于中国，是两千多年前西汉淮南王刘安发明的。淮南王刘安在其母亲身患重病几乎回天乏术期间，坚持每天用泡好的黄豆磨成豆浆对其喂食，刘母喝过豆浆后，病情居然奇迹般有了好转。从此民间竞相仿效，使得豆浆的吃法迅速流行开来。

古法制作豆浆，要把黄豆放在水里浸泡约七八个小时，等到黄豆泡发，再用石磨将其磨碎。然后用纱布把豆渣分离，得到生豆浆后，加水烧开，持续 5 至 10 分钟，才可食用。这套工序繁杂而劳累，只有专门的手工作坊才能进行。而磨出来的豆浆口感如何，要看石磨的质量和操磨人的技巧。

传统的石磨必须用天然麻石雕作而成，因为天然麻石坚韧耐磨，表面粗糙，适合研磨，磨出来的豆浆细腻且不含杂质。而手工磨制豆浆，速度必须均匀，且不能太快，因为石磨只有在低速均匀的运转中，磨出来的豆浆才既均匀又细致，而且能将黄豆的蛋白质和各种营养元素充分自然地释放出来，口感更加清香润滑。

中国人喝了两千多年的豆浆，都是古法制作工艺，豆浆几乎都是现磨现吃的，现在随着工作和生活节奏的加快，现代化的豆浆机也出现在市场，因为快速、高效，逐渐被家庭主妇所接受。

可以想象，当外面雨雪交加，天寒地冻的时候，你坐在家里突然想喝上一碗热气腾腾的豆浆——在以前那绝对只能是一种奢想——但有了豆浆机，你只要轻轻按动开关，十几分钟的时间，一碗豆香浓郁的豆浆就出现在你的面前了。不仅如此，还可以根据个人的喜好，在家里备置许多种原料，可以制作出黑米豆浆、芝麻豆浆、红米豆浆、红枣豆浆、枸杞豆浆、核桃豆浆、花生豆浆、绿豆豆浆乃至许多种水果豆浆。可见，高科技随时改变着我们的生活和饮食习惯。

豆浆不仅是中国人喜爱的一种饮品，又是一种老少皆宜的营养食品，在欧美享有“植物奶”的美誉。豆浆含有丰富的植物蛋白和磷脂，还含有维生素 B1、B2 和烟酸。此外，《本草纲目》记载：“豆浆——利水下气，制诸风热，解诸毒”；《延年秘录》上也记载豆浆“长肌肤，益颜色，填骨髓，加气力，补虚能食”；中医理论认为，豆浆性平味甘，滋阴润燥。

“秋冬一碗热豆浆，驱寒暖胃保健康”，鲜豆浆被我国营养学家推荐为防治高血脂症、高血压、动脉硬化等疾病的理想食品，多喝鲜豆浆可预防老年痴呆症的发生，饮用鲜豆浆还可防治缺铁性贫血。豆浆对于贫血病人的调养，比牛奶作用要强。以喝熟豆浆的方式补充植物蛋白，可以使人的抗病能力增强，对身体大有裨益。

一些美好的事物总是随着时间的流逝而渐渐消退在我们的生活或记忆里，我从小钟爱的豆浆亦是如此。在我生活的城市里，几乎不可能喝到用石磨磨出的豆浆了，而现在在街面的早点小摊喝到的豆浆，总是一股寡淡的味道。儿时喝到的豆浆，我们总觉得那是人间的美味，浓浓的乳汁般的汤汁，弥漫着豆禾清新气息的味道，让我总是念念不忘，口舌生津。

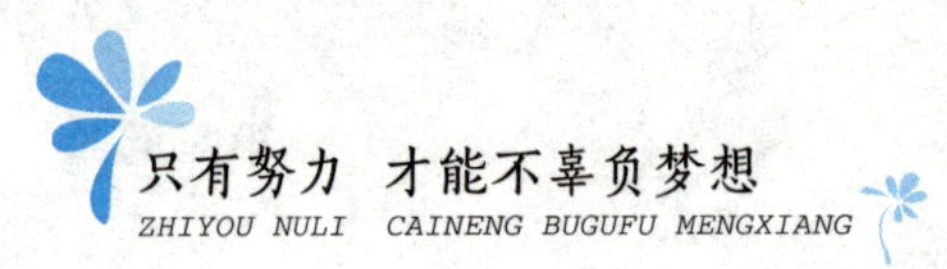

把幸福装在自己心中

▶ 文 / 老海

一个人必须要么做个好人，要么仿效好人。

——德谟克利特

我娘是一位地道的农村妇女，她就像所有的农村母亲一样任劳任怨，勤俭持家，值得尊敬。但有一件事，至少在我结婚之前，我一直对娘耿耿于怀。

我刚上小学的时候，农村刚实行土地承包制，父亲在外地工作，家里繁重的农活便都落在娘一个人的肩上。我每天放学后就帮着娘割猪草、锄地。我眼巴巴地看着小伙伴们到河边摸鱼、逮知了到处玩，我心里非常羡慕人家。而每当小伙伴们到我家喊我玩的时候，娘总是没有好气说人家："他没有空，你们以后别来喊他玩。"可以说，我的整个童年失去了许多的童趣，一个男孩子学会了女孩所能干的所有的农活，甚至，娘还叫我学习摊煎饼，为此我没少暗自流泪，怨恨着娘。

在我家的相框里，有一张特别的照片，那就是娘抱着一个扎小辫的女孩的合影。我一直感到好奇，那女孩是谁？娘说："照片上的女孩就是你啊，娘本想头胎生一个女孩，好帮我做一些家务，没想着你是个男孩，我就把你当个闺女养着。"

1997年底，我为了在县城分到一套福利房，便为妻子和儿子买了非农业户口，大队要把我的土地收回去，为此，娘没少托人，终于把地留了下来。我劝娘不要再种地了。她说："我种地习惯了，累不着。再说多一块地就多一点收入啊！"但我总是惦念着娘，想着她老人家在地里劳作的身影，心里总有些不安。

去年，儿子考上了县重点初中，父亲和娘一起来看孙子，我让妻子备下丰盛的酒菜，娘也高兴得喝起了白酒。说到高兴处，娘话题一转说道："小海，我打小就把你当闺女养着，没少让你受罪，冬天小手冻得像胡萝卜一样还让你喂猪，娘真是有些对不住你呀。"

我不安起来，劝着娘："娘，这还不是为咱这个家呀，再说，你说的这些，我都不记得了。"娘拿出4000块钱说："今天你爹在场，我也不避讳什么，这是我攒的私房钱，你媳妇也下了岗，日子不宽裕，你就留着吧，可别让你弟弟知道了啊。"

送走娘的当天晚上，我独自坐在阳台上，想着娘为这个大家庭的种种付出，想着六十岁的老人还在田地中劳作的身影，想着娘雪白的头发在寒风中飘动着等着儿子回家时期待的目光，我不能原谅自己。

在我们鲁西南，一直习惯地称母亲为娘。我曾写下许多的文字，唯独没有为娘写下什么。在这个寂静的深夜，我从心底深情地呼唤着："娘！娘！儿子没有勇气亲口对你说这些，你能原谅儿子吗？"

我在一个电视谈话节目中看到，一位八十岁的老人在谈起他健在的

母亲时说：“我的老娘活着我就是幸福的，她老人家每喊我一次小名，我就感到娘还在，我就是个小孩，我就是一个有娘的人，就是一个幸福的人。”

其实，每一份母爱都是最纯洁最崇高最无私的，只是我们缺少感知的心灵，感受不到那浓浓的母爱，那份爱就在期待的目光中、在无言的祈祷中、在深深的祝福中。你拥有了这份母爱，就把幸福装在了自己的心中。

秋日私语

文 / 菡萏半池

希望是不幸之人的第二灵魂。

——歌德

常常会在秋天哀愁。譬如晨雾、譬如朝露、譬如晚霞，总有一些情愁藏在里面。那雾，是迷惘的泪眼；那露，便是泪珠子；而晚霞，应是受伤了的心田。

夜里读书，读至“何处合成愁，离人心上秋”，心中的凉意忽地就蔓延一屋。这秋日，总能把看似平常的一离一别，渲染出几分悲凉。

从图书馆借来几本书读。读着读着，忽然翻出几枚叶子，是瘦长如剪的柳叶。叶脉清晰，安静如湖，如一个清瘦的“二八”女子静静地立在你面前，那早春淡淡的绿意还未完全退去。看着看着，在这个秋日金色的时光里，让人无由地生出几分恍然之感。

晨起，孩子偏要穿一件短袖的褂子说这样方可配可人的短裙。妻子劝她再换一件，说秋天了，早晨冷得很。她一努嘴，偏不，仿佛这秋天与她无关，她还沉醉在夏日的快乐里。

母亲总忘不了在这个季节打电话来，说加衣保暖的事情。我想，她的心情一定随着四季轮回而转换，成了一座安放在我身边的生命时钟。

办公室里，有人嚷嚷着如何自制葡萄酒。听过，便会无端遐想，那秋天的葡萄，撒上几层白糖，被收集在一个密封的容器中，慢慢睡去，会是怎样的一种心情。在时光的梦里，它们一梦不醒，可醒来时，已经桑田变沧海了。

路过一段土路，一个孩子蹲在路边看蚂蚁搬家。天凉了，它们急急地忙碌着，或是一个米粒，或是一枚枯叶，都成了它们的收藏品。

回乡下看望父母，一早父亲就在菜园子里收拾已经败落的菜架子。秋天里，那些豆架子瓜架子已经完全失去了往日的葱茏，衰败得不成样子。父亲顶着烈日，毫不留情地把它们连根拔起，堆成一团，然后焚起一团烟火。在烟火腾起的瞬间，我体味到了人生的匆忙。

往事如风，光阴入梦

文 / 彼岸花

灵魂就是主宰我们的帝王。

——塞内加

年岁渐长，心事渐多，常常会在夜里无端忆起一些往事，可是，偏偏却又害怕忆起。特别是那些太过美好的部分，几乎是要在记忆中刻意抹去。

不敢去想，也不愿去想，是因为生怕那一念一想，会让自己幽怨断肠、悲伤萦怀。

记得小时候住在外婆家，不大的农家小院，桐荫如盖，一院花香。有一次，父亲下班过来看我和弟弟，借着他进屋和大人说话的间隙，我偷偷跑到院子里玩他骑的自行车。玩着玩着，车子突然倒了，额头砸出一个大口子，血流不止。那天外婆第一个一脸惊恐地跑出来，大呼小叫地抱着我去找白布给我包扎。她脸上浮起的疼惜，至今还历历在目。

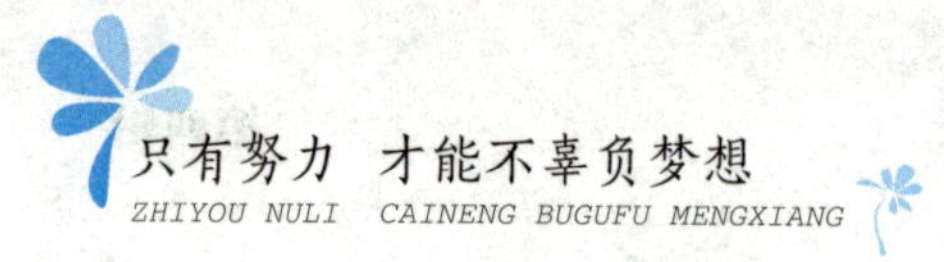

还记得外婆家外的那条青石街，只要卖冰棍的吆喝声响起，我就会跑出去讨要。每次都是欢喜而出，满载而归。其实跑出去的时候外婆就已经紧跟在身后了，像是早已形成的默契，我拿东西，她付账。看我喜滋滋吃冰棍的样子，她总是乐得合不拢嘴。可是，如今，那些爱我的老人都已作古，他们的音容笑貌永远留在了记忆中，一颦一笑，想起来都会生出几分心痛。

小学二年级，母亲曾经到村小学带过一段时间的课。在校园里每次见到她，我都要低头避开，生怕她发现我的调皮而遭致训斥。可母亲总是笑笑，不语，有时也装作没有看见的样子步履匆匆地走开。她走过的样子很美，黑发如瀑，身影袅娜，我回头望去，她只留一面美丽渐远的背影给我。

回到家后，母亲又亲自辅导我和弟弟做作业，温言柔语，不厌其烦。那样美好的日子现在再也寻不到了，老了的母亲容颜不再，甚至连脑子也混沌一片，老花了的双眼再也看不得书本了，怎么会去辅导孙儿孙女的功课呢?

少年时候的玩伴总是一大群，一同相邀下河捉鱼，一同商量爬树捣鸟窝子，也曾深夜密谋去偷邻村地里的西瓜。如风的少年，如歌的青春，现在都已成了云烟。现在大家都成家立业，肩上担起沉重的生活担子，相聚甚少，交流甚少。偶尔相见，笑笑，走开，生活没有了交集，那些美好的记忆也渐渐忘却了。后来，听说其中几个要好的朋友，有的遭遇了车祸，有的离了婚，有的入了狱。那些少年无知的天真快乐便更加让人缅怀了。

中学时候暗恋过一个女生。曾经借她一本《庞中华钢笔字帖》，日夜临摹，期待得到她的赞许。也曾经和其他男孩那样，写不署名的情书给她，怀揣一些小惊喜认真地等待她的回复。可终究所有的努力都无疾而终，随着毕业匆匆了结。成年后，再见到她的时候她已为人妻为人母了，当初的那份心动也不复存在。仿佛当年自己是和自己的青春进行一场暗战，那种惨败与失落总是不言而喻。

再后来，也曾豪情满怀轰轰烈烈地去谈一场恋爱；也曾爱得心潮澎湃，魂牵梦萦。只是当不欢而散后，所有关于青春的故事都画上句点，只留无限唏嘘与慨叹。

再后来，就刻意忘掉过往，只留现在与未来。

近日看朋友推荐的电影《那些年，我们追的女孩》，看着看着就思绪万千、情不自禁。已经多年不曾这样激动了，这次忽然又想起过往，所有的疼惜与无奈一股脑都冲进脑海。原来，自己也曾有过热血浪漫，也曾有过豪情满怀，也曾欢喜、也曾悲伤、也曾无奈。

在喜过悲过之后，一下释怀了。那些年，往事如风，光阴入梦，多少过往或灰飞烟灭或化茧成蝶。昨天的你已经不复存在，那么今天的你，又何必去在乎从前呢？

赏 荷

▶ 文 / 袁翠翠

想象是灵魂的眼睛。

——儒贝尔

在我住所的不远处，有一片荷塘，每当走过这片荷塘，我都要驻足观察一会儿，或者坐下来休息一番，端的是闲情雅致得很。从春到夏，再到秋，看着荷花们从鲜嫩的绿叶中冒出水面，到叶片放大、抽蕾、开花，最后花谢，露出像花一样的莲朵。我几乎把每一天的变化都放在心里，于是这花就长期地在心里盛开了。

荷花烂漫的季节是在七八月份，每当这时我几乎每天都要去看荷。晚饭后的时光赏荷最是惬意，有落日的余晖，有清凉的晚风，再加上扑鼻的荷花香味儿，还有什么比这更美的呢！

赏荷需要心静，也需要有心境，还要有氛围，那氛围就是宁静。

清晨可以给人以朝气，傍晚可以给人带来安然。所以还是在傍晚的时候意境是最好的，氛围也是最好的。这时浮躁的太阳已渐渐躲到山脚下睡觉了，连空气都显得宁静起来。这里远离城市的喧嚣，可以净化心性，让心感受大自然的空灵。

这里环绕的是一片山脉，空气中远远传来佛塔的钟声，更是显得万籁俱寂了。好多时候是我一个人在桥面上漫步，我在这静静地借着月光赏荷。

今年的荷花长得特别茂盛，荷塘有数百平方米左右，满满地覆盖了整个河面，河畔上长着蓊郁的垂杨柳，婀娜的样子分明是在欢快地享受着河面上荡起的清凉。

荷塘上，紧贴河面趴着的都是翠绿、鲜嫩的新叶，长出河面的都是原来生出的深绿、厚重的老叶，新老结合，就像中年人手里牵着孩子，在人群里簇拥着。它们起伏的样子，像芭蕾舞剧场上飘荡的一片片裙摆，在河面涟漪的微荡下参差错落，掀动出一番层次感。

荷的蕾，像小孩儿伸出的舌尖，脆嫩的娇、粉红的润、灵动的鲜。上边挂着晶莹的露珠，苍翠欲滴的样子，渗透着几分羞涩与腼腆。这时，让我想起了“小荷才露尖尖角”的意境。原来，含苞待放的荷蕾竟有如此的美感和诱惑。

荷的花，有粉的、白的、粉白的、粉红的，像缤纷的霞，像灿烂的云朵，展现着夜幕降临时那妖娆的裙装。无论是完全开放还是半开放的，都隐约地从里边呈现出黄色的蕊。蕊是核心、是内涵、是品位、是芬芳。随着晚风的轻拂，那纤弱的蕊上散发着淡淡的幽香。这香，陶醉了湖畔的杨柳，熏醉了小楼甜美的梦。

不知是水下泥淖的藕，还是水中的茎，抑或是水面的荷，也许是水上的莲，强烈地吸引着河里的鱼。鱼儿们在这里聚会、在这里欢腾。不时从荷叶的缝隙中跃出水面，荡起一波波涟漪，像一个个波光粼粼的精灵，为荷花的美丽而赞颂、而起舞。这时，我仿佛看到那朵朵骄傲自得的荷花，像水中嬉戏的仙女，满脸荡漾着红晕的娇羞和鲜活的魅力。

每当傍晚，我就在这桥上听宋朝古塔的钟声，赏羞花闭月的闲情，呼吸荷花仙子们清爽怡人的气息，我情不自禁地就会抛开日上三竿后的琐事烦心，有了花开月影后的恬适自得。

夜悄悄地深，月淡淡地白，风轻轻地摇。悠扬的钟声在远方的山谷间回响。那声音虽然断断续续，如泣如诉，但却响得深透、响得空旷、响得悠远。不知是因为夜的宁静、月的光洁、风的妩媚，还是远方声音的共鸣，我看到那荷也慢慢地摇摆起来，和树丛间隐约透射过来的稀疏的灯光呼应着，舞动出沙沙的声响。

不知何时露水已潮湿了我的衣裳，心也有些潮湿的感觉。于是，我只好恋恋不舍地回到房间里，希望做一个甜甜的荷花梦。

冬　日

▶ 文 / 袁翠翠

命运不能妨碍我们的欢乐，让他来胁迫我们吧！我们还是要欢笑度日，只有傻瓜才不是这样。

——高尔基

在冬天里，有落日可以欣赏是件幸福的事。

在临近春节的一天，我偶遇了一轮极其壮美的落日。当时，我正在回家的路上，那天际的太阳终于在一个凄苦的寒天之后、暮夕之前，从云层中探出了头。映得城市里座座高楼似乎披上了绯红的纱丽，似一位位新嫁娘。感觉是太阳在云层的襁褓中酣睡许久了呢，红苹果似的脸急切张望云层下的世界，那好奇劲儿和它初升时并无二致。

所以，山峦中的衰草残茎，无边的树叶木丛，瞬间便沐浴在了一片格外柔美也格外醒目的晨光般的绮照之中，而地上人们的身影便也随之被拉长到身边的庭院里，仿佛是太阳与大地合作出的礼物。周围的景物也显得有不一样的妍美了，不过是几分钟的事情而已，空气却让人不再烦闷抑郁，而是充满了和暖纯净——从周身到心灵，美妙的感觉让脚下的步伐一停再停。索性就驻足在那里看一会儿吧，来欣赏这难得的奇观，这冬季难以经见的美景。

我这么讲不知是否正确，或许是自己忽略了它的存在，也许自有元日以来，好多个暮夕便总是如此，那些跑动的孩子早已对此熟视了呢！但这么壮丽的景象确实让我有心灵的震撼！此时，那落日的余晖正以金子般的辉煌与灿烂，不分贫穷贵贱、不分工厂农田，甚至以往日少见的绮丽的光泽洒遍每一个角落。

有两只喜鹊落在了一处庭院的棚架上，它们应是一对情侣，它们偶尔看看落日，偶尔交颈互啄着。有落日余晖在它们身上妆点，使得它们的华彩锦服闪出夺目的光芒。它们在欢快地叫着，周围人都喜欢看到它们——它们是喜庆的象征，人们认为喜鹊来啼叫是好兆头，披着黄金色的喜鹊来报喜，想必更是大家希望见到的吧！

我向前绕过了一片小耕田，满目的衰草木叶，闪着金黄的光，风已经停掉了，所以在摇晃之中它们是那样静谧安详，没有一丝涟漪，更没有一声呜咽。在这样纯美与熠熠的落日下，一片小小的田地都显得无比的可爱。

远方的山峰就更不必说了，树林土岗似挂着绚丽的霞披，像一位含羞带怯的少女，却焕发着无限的生机。

冬天的落日它无需出现很长时间，只要它出现了就好，被我们看到了就好。如此妍丽的光辉，定会照进我们的心扉灵府之中，让我们的生活充满更彻悟的美妙光照，这温和、恬淡与金灿熠耀的光芒，虽是落日发出的，却依然叫人感念并珍惜。

冬 湖

▶ 文 / 袁翠翠

我们曾经为欢乐而斗争，我们将要为欢乐而死。因此，悲哀永远不要同我们的名字连在一起。

——伏契克

初冬时分，我来到了这座湖的身边，离开它有几个月了，想看看它冬日的模样，那似乎是个未了的心愿。

车沿着湖滨大道不疾不徐地行驶着，沿途是许多尚未褪尽色彩的树木，游人穿梭其间，偶有对对新人，在草地树木里留下甜蜜的回忆。下了车，我等不及跑到它的身边，放眼远望，一轮橙红的太阳向西侧渐渐滑去，悬在远山与近水间，如珍珠含在半开启的蚌嘴里，闪耀着迷人的光芒。

湖面上是一艘艘游艇，慢悠悠地动着，我不知他们在那里沉醉了多久，那情形似乎是想要沉醉一辈子似的。湖水在有些寒意的风里，皱了平，平了皱，水光潋滟着，时有尾尾鱼儿游过，更显得波光熠熠了。我望着这初冬的湖水，车马劳顿的浮躁不由得平和了许多，舒展的思绪如同这层层的涟漪，远远地荡开了去。

沿着湖面游走，那湖边的柳枝千条万条，细细弱弱，像穿着长褂的青衫先生，身前身后，和友人打喏长揖。这打喏里，是相逢的欣喜；这长揖下，是离别的叹息。

我行走在欢喜与叹息间，不经意抬眼，面前赫然是莽莽苍苍的一丛丛残荷。在暮色与波光里，沉淀成浓重的黛色，延展出那么多。我知道，数月前的你定是一位风度翩翩的美少年，如今却换做风雨江湖中的倦客打扮，以苍寒凛然的姿态示人，却依然受着人们的喜爱。周围架着的摄相机居然排到了街边，那些人或许记住了你一生的容颜，他们比我更清楚呢！

残荷的影子，淡墨一样，在伸手可握的一把冬风里摇曳。有的团团挤着，挤成一汪老绿；有的稀疏地立着，三枝两枝，各怀着惆怅的模样；有的已经枯萎，皱得倦了，索性躺在水里，似乎下定了决心收藏起自己的容颜，不想出门见人。想想春末时分，清荷初露水，亭亭玉立，直至夏日，千朵万朵，娇柔芬芳，直映得荷花别样红了，红到日边来。如今，她们是卸了妆，收了心吧，单拣素衣素裙着身，寂寂地面对这日后的清寒日子。

这宽阔的湖面委实动人，走过眼前的树后，那水天一色的壮美便劈头盖脸地扑来，似大梦初醒之感——有着酣睡后的舒畅。从身前直至远方的山峦，那银白的水面微微地颤动着，如薄醉的夜晚，后半夜醒来，陡然看见一窗子如水的月光，方明了“吾心似秋月，碧潭清皎洁”的意境，心里顿时澄澈清明了许多，不想再回头睡去。因而，面对这湖光山色，所有的人都不会大声讲话，他们的声音都变得柔和了，是啊，一切的莽撞与这样静谧的氛围是多么的不搭调啊。

再过一会儿，太阳终于落了下去，周围似一片苍灰的天幕罩着，和银色的湖水在远方静静地合拢起来。扑愣一声，前面的几棵树上居然惊起了几只野鸭，它们迅疾地向着对面的山飞去了，那情景让我恍惚有身置枫桥畔、夜泊客船的错觉，可我更多的是“野旷天低树，江清月近人”的自然感受，因为在这平静的湖畔、在这冬水长天之间、在这充满故园气息的荷花水里，我的心感到的是温暖妥帖，而不是客居他乡的愁烦。

冬至

▶ 文 / 张潇予

乌云后面依然是灿烂的晴天。

——朗弗罗

冬至了，周遭的一切都变得极富冬日的感觉。

那几栋老楼墙壁上的爬山虎落尽了叶子，露出的是一张张布满灰褐色的筋脉的脸。矮墙头上的青藤早已不见了踪影，荒草径上的石块倒是清晰地现身了。的确，仿佛只有到了冬至，我们才能感觉到那些砖石的冷硬与骨感。而印象里，那个投影摇曳、绿荫如盖的明媚夏天现在早已是梦一样遥远了。

进入了冬至，即便是朗日晴空，可一旦刮起风来，天都会显得一样清寒。好些野外的树木已没有衣服蔽体，所以一个个鸟巢也赫然地呈现在苍茫的天地间，暴露在人们仰望的视野里，也暴露在鹰雕盘旋的视线内。这些鸟儿住得很高，却也孤单着，它们的巢风雨飘摇，险象环生，让人揪心。它们可都是可爱而自由的精灵啊！它们的心里是否在抱怨这样一个恼人的冬天呢？它们是否还会鸣唱出夏日里那些动人的歌声呢？

进入了冬至，随着冷空气的频繁造访，空气里的小水珠终于凝成了雪花降落下来——那是整个冬季最美丽的景致了。对于许多人而言，雪把寒冷和快乐一同带来。最近的一场雪，我跑到户外，看到路边一个小男孩在逐雪飞奔，旁边的奶奶笑得合不拢嘴，和路人说这孩子已玩了近两个小时了还不肯走。我一瞧，小家伙穿得跟棉花包似的，戴棉手套的小手正拍打着那些飞旋的雪花，小脸儿冻得红扑扑的，高兴着呢！

银装素裹的世界确实漂亮，但对于城市里的人们而言，这只是短暂的美，因为人们会很快在晶莹的雪上踏上脚印或是雪被打扫干净了，那些雪白得脆弱、白得卑微。阳光映在雪上，它们消失得更是快了，一粒雪会在一抹闪闪泪光中匆匆完成它对世界的第一次微笑与最后一瞥，然后转瞬而去；而角落里的雪则在暗暗地吮吸城市的体温，感知世间的冷暖。

进入冬至后，我也变得懒散了许多，似乎有些像半冬眠的状态，出门裹着厚厚的棉衣，冻得瑟缩着身体，想象的翅膀也不愿经常打开了。但我却偶然发现一些声音拨动了我这个近乎蛰居的人的心弦！听啊！多么灵动的手指，似乎是一位舞者在那一排排琴键上翩翩起舞，流动、激扬、婉转、活泼。我于是爱上了那间琴房，整个周三的下午我都会在那间门外逗留一阵，至少可以断定那是一个热爱音乐的人儿，不用猜想他（她）是多大的年龄或是男人女人，只是惊叹他（她）灵巧的双手可以在琴键上驱走严寒、创造春天！他（她）不曾想到墙壁之外有我这个忠实的听众，他（她）不知他（她）的琴声让另外一个人觉得这个冬季不太冷。

偶尔我甚至有推开房门去造访这位弹琴者的冲动，询问这些曲子的名称，若是他（她）肯告诉我，或是我与他（她）成为了朋友，无疑这又是一缕冬日的暖阳。可我终究没有唐突，我怕我过分的好奇会失掉这份美好，打破这和谐的神秘！我只是默默感恩，有这样一位人儿，会选择在寒冷的冬至去弹奏那让人心生暖意的曲子。于是在每一周，我都能有一刻春天的感动！偶尔，琴声会止歇，他（她）是去喝水了，或是休息了，我心里的春暖花开便也霎时消失了，又回到了这个冬季。这便是音乐的神奇。它会给你全新的体验，甚至带来另一种季节，永恒春天居住在某种音乐里，心里拥有了那把钥匙，才会打开进入它。

冬至以后，鸟儿们确乎少了许多，但还好能常见到鸽子飞临我的阳台，我喜欢它那种羽翅收拢颤动空气的声音，喜欢鸽子的足尖轻轻着地的声音，喜欢它们低低的咕咕声。在声音与色彩一齐开始沉默的冬季，在栋栋钢筋水泥间，能听到一些家鸽的咕咕声已是很大的安慰了。阳台上的鸽子左顾右盼着，偶尔用骨碌碌的眼睛望望我，我忍不住想笑。我想让它们停留在阳台上的时间更长一些，它们是富有灵气的鸟儿，有阳光照耀的栏杆仿佛是 T 型台，它们成了一位位娇人的模特！

寒冷的冬天里，鸟儿和人们一样热爱阳光。在路上，时常会遇到一些鸽子站在高高的杨树枝上晒太阳浴，冬阳是那么容易让人沉湎，这时的鸽子也和人一样是懒洋洋的了——眼睛飘忽迷离着，不知心里想起了什么。如果它有过冲向蓝天的英姿，那似乎此时只能作为往事来回味了。

我想，树上的鸟儿们和地上的人们一样，心里也在期盼着春天的来临吧，当上一个春天离我们越来越远的时候，下一个春天已经很近了啊！

微信里的乡愁

▶ 文 / 玉玲珑

不应该追求一切种类的快乐，应该只追求高尚的快乐。

——德谟克利特

总能在微信里看到朋友们拍下的家乡照片，还有一些乡愁的文字。

一位朋友远离家乡多年，因父母早已去世，他已极少回家乡了。那次他出差路过家乡，便决定回去看看久别的家乡，看看家乡是否还是记忆里的模样。进了村子，感觉那么熟悉却又那么陌生。那些旧屋青瓦很多还在，可村子里的人，他却已认不出来，也没有人认得他是谁家的老儿。于是，他在照片下面写了贺知章的诗：少小离家老大回，乡音无改鬓毛衰；儿童相见不相识，笑问客从何处来。

来到幼年时充满温馨快乐的老屋，院子里已是荒凉一片。他站在残破的老屋前，自拍了一张和老屋的合影，我看到照片上的他，眼里似乎闪着晶莹的光。

记忆里的荷塘已被填平，成了谁家的鸭棚。那条童年清澈的小河，只有河中间有水缓缓流淌，河床被挖得坑坑洼洼，一堆一堆的沙子堆成小丘状。看着满目疮痍的河床，他写道：我记忆里的小河呢？

一位朋友借着假期，带着儿子回到了乡下老家。金黄的稻田，飘香的果园，蜿蜒的乡间小路，到处都是迷人的清新。带儿子走着他童年走过的路，每一步，都满溢着幸福。

来到村里的小学，发现学校已是人去屋空，只剩一位看护院子的老人。老人说：现在孩子们都去镇里的中心校上学了，这矮矮的平房过时了。他内心陡然升起一缕忧伤：再过些时候，或者下次回来的时候，是不是这小学校就不见了呢？

母亲对他说：村里要集中盖楼，过几天，村里的平房就要拆了。夜晚，他爬上村东边的小山，惆怅在他的心里蔓延。如果盖起了楼房，是不是像城里一样，再也看不到故乡的炊烟袅袅升起？再也听不到鸡鸭鹅的大合唱？再也不能踏着厚实的乡野土路，去摘满捧的野花？

朝阳里，他为自己的老屋拍下了最后一张照片，备注到：不久，老屋就要消失了，这一砖一瓦，藏着多少亲切和温暖。我不想看到它变成废墟的模样，但愿住进了楼房，一些美好不会消失……

一位朋友故乡归来，只发了一张照片，高大的柿子树，满树的柿子金黄，树叶轻敲着屋檐，好像告诉主人丰收的消息。屋檐下，一张小桌，一把茶壶，几个茶碗，几张小凳，还有一个鸟笼。鸟笼里的鹩哥望着柿子树，不知道在想什么。

没有任何文字和言语，却勾起我浓浓的思乡之情。

我家的老屋门前，石榴红了吗？无花果紫了吗？那各色的菊花，是否依然在东篱下，悠然地开着？

有乡愁的人是幸福的，如同心有牵挂，哪怕是在微信里。人们总想回故乡看看，因为那里能找到我们的乡愁，因为那里是我们寄存灵魂的地方，哪怕只是在微信里。

夏日青草香

▶ 文 / 玉玲珑

在美好的景色、悦耳的声音和扑鼻的芳香给我带来的愉快当中，我不会紧锁住自己感官的大门。

——《泰戈尔评传》

“草原夜色美 / 月光洒吉祥 / 睡在你的怀抱里 / 梦里青草香……”优美的旋律，动心的歌声，让我心回故乡。走到窗口，望向故乡的方向，刚下过雨的空气里飘荡着丝丝缕缕泥土的香味，深呼吸，我仿佛闻到了一种特别的芬芳，哦，那是青草香。

老家的夏天是绿暗红稀的，各种树都撒欢似地生长着，浓荫中有几处红若隐若现，那是晚开的石榴，或是正开得起劲儿的合欢花。那条贯穿全村的路，整个夏天都是清凉的，因为路两边的树都拉起了手，烈日炎炎下为出门或者归家的人们遮挡一段。

路两边是老人和孩子们纳凉的天堂，我们这些十三四岁的毛丫头，自有好去处。

那是村东的一片果园，果园四周生长着青青密密的草儿，无人来割，因为怕果园喷洒果树的农药残留，给畜禽吃了会有毒害。这片青草地，成了我们几个女孩的“秘密据点。”

春寒料峭、东风微暖的初春，草色遥看近却无之时，放学后的我们，便相约来到草地写作业、背课文，叽叽喳喳地说着一天的趣闻，也说着心里的烦忧。此时的我们是不忍心去踩踏草地的，草儿不言不语，像一位绝好的倾听者，用一抹微笑陪伴我们的喜怒哀乐。春风几度，浅草便能没马蹄了。我们小心翼翼地踩上去，软绵绵的，任何地毯都比不了这纯天然的青草地毯。

夏日来临，草地已是厚厚的了，躺在草地上，天是那样蓝。温暖的阳光照在草叶上，草叶闪烁着星星点点的光芒，世界仿佛静止了。微风吹拂，晃动了心绪，才发觉一切都是真实的。

年少的我们是那样快活而自由。扯一棵青草，在清清的河水里冲洗干净，含在嘴里细嚼，淡淡的青草香穿行于口鼻间，甜美、青涩、温润……

小伙伴里有一个叫“香草”的女孩，很文静，样貌平常，似一株草儿不惹人注意，可我记住了她的笑容。她不爱说话，我们叽叽喳喳说话聊天的时候，她是沉默的。那一天，有一个男孩坐在离草地不远的地方吹口哨，不成调的口哨声随风悠悠地飘荡。不经意间，我看到了香草的微笑，微微扬起的嘴角，不易让人察觉的微笑。当她看到我在注视她的那一瞬，眼神一刹那变得慌乱，那一抹微笑，胜莲花的娇羞，定格在了我的心里。

后来去城里上学、工作，一年里难得回老家几次，也就没了时间再去青草地上躺一躺。晚上或者休息日，我喜欢去公园闲逛。城里的公园有很大的、修剪整齐的草坪，但是不允许踩踏，只能远观而不可亵玩焉。望着眼前的大片碧绿，想起故乡的青草香，蹲下身，贴近草地使劲嗅嗅，鼻腔里却怎么也闻不到那熟悉的香味。

坐在阳台读书，偶然读到老舍先生的《草原》，眼前浮现出一幅不用墨线勾勒、只用绿色渲染的中国画，翠色欲流，轻轻流入云际。又想起少年时在家乡的草地上嬉戏、品读的情景，我想那才是真正的物境合一。

一袭恍惚，我仿佛睡着了，梦里全是青草的香味。

第五辑

Chapter Five

醉美文摘

Zuimei Wenzhai

莲

▶ 文 / 彼岸花

诗人是描绘心灵的画家。

——迪斯雷利

江南有莲。

不管是千顷湖泊，还是半亩水田，总有人种上莲。莲是水中的森林、花园和果园，有了莲，于是便有了接天莲叶，有了荷香四溢，有了甘甜的莲藕和甘美的莲子。

莲没有半亩水田，莲有千顷湖泊与一叶扁舟。那千顷湖泊是莲一人的世界，而那一叶扁舟，则是莲一人的家园。十年前，战争让莲失去了家园和亲人。为了躲避战争，莲误入此处，过着与世隔绝的生活。

莲喜欢披蓑戴笠，泛舟湖上，在蒙蒙细雨之中，唱《江南》。莲嗓音甜美，歌声清脆，一张口，一湖的水面便飘满了莲的歌声。

莲气沉丹田，轻启朱唇，唱：江南可采莲，莲叶何田田。

一片片墨绿色的荷叶，在微风中轻轻摇曳，姿态优美。一朵朵粉红色的荷花，微微晃动，从远处轻轻飘进莲的眸里，把莲的心一下子点燃。

莲停了歌声，来了兴致，撑起长篙，击打水花。小舟轻快如离弦飞箭，推开湖面，推开密密匝匝的荷叶，眨眼间便来到花的面前。

那是一朵刚刚盛开的荷花，粉色的花瓣，娇嫩嫩的，粘满了圆圆的、亮晶晶的水珠。花瓣还未完全打开，如一位年轻女子倚门而立向外观望，见了生人，羞得只探出半张脸来。莲端详着，静静地看，一瓣一瓣慢慢看过去，仿佛是在仔仔细细端详水面中的自己。看着看着，笑意便浮现在脸上，跳跃在眸中，漫洇一湖。

此时，万千雨线将天空斜织成一匹巨大的银色的锦。蒙蒙的水汽，从水面袅袅升起。细小的雨点敲打在光滑如蜡的荷叶上，噼噼啪啪，破碎开来，又变成更多无数细碎的玉珠在荷叶上欢快地舞蹈，然后纷纷跳入湖中。

哗啦一声，一条白鲢从荷叶底下钻出来，打了一朵白色的水花，摆一下尾巴，慢悠悠游向远方。

莲被这突然冒出的声音惊了一下，打了个激灵。等回过神儿来，那白鲢已经游远了。莲收回目光，抬起头，茫然地望向远方。

愣了一会儿，才又唱：鱼戏莲叶间、鱼戏莲叶东、鱼戏莲叶西、鱼戏莲叶南、鱼戏莲叶北……

清脆的歌声从小舟上又升起来，飘向远方，娴静的湖水在美妙的歌声中安然地睡去。美丽的水面上，莲再也没有见到一条嬉戏游动的鱼。宽阔的水面只有飞鸟清脆的鸣叫声，只有细雨落入水中的扑簌声，只有凉风丝丝的吹拂声。

莲脸上的微笑没了，唱着唱着，便缄了口。先前欢快的心情也荡然无存——莲芳华正茂，娇艳欲滴，千里湖面竟然没有她的意中人。

莲是一朵待人欣赏的荷花，错过了，便永远地凋谢了。

莲想上岸。十年过去了，莲想，战争应该结束了。这孤独无依寂寞清冷的生活，莲不想过了，莲想家了，虽然莲没有家。莲想过俗世的生活，想过有爱情的甜蜜日子，可这里没有呀。即便湖水再清，荷花再美，莲藕再甜，湖鱼再鲜，也挽留不住她那颗决绝的心。

莲是在一个细雨蒙蒙的清晨，泛舟离开的。上了岸后，又步行百里，坐上火车一路北上。在北方的一个小村庄，莲终于安下身子，嫁给一个农夫。

农夫家有沃土十亩，莲随丈夫在田地里种上高粱，种上玉米，种上谷子，种上大豆，种上南瓜，种上红薯。却独独不种水稻，当然也种不上莲。

莲也吃藕，那是从南方运来的藕，吃着吃着，莲便也想挖一口池塘。

于是，莲请人把自家的良田挖成水塘，种上莲。莲还央求丈夫做了一叶扁舟，在一个细雨霏霏的早晨，泛舟水上。

莲还唱《江南》，莲唱：江南可采莲，莲叶何田田。

这里却不是江南。这里没有江南宽阔的水面，没有接天莲叶、荷香四溢的场面，更没有微蓝如玉的湖水和肥美的白鲢。

唱着唱着，莲便落泪了。

一池的莲藕终于在秋天收了上来，莲笑了，取一截，清水濯去污泥，咬上一口。笑，忽然就僵在脸上。

莲决定回江南。莲太想那千顷湖水了，夜夜梦里都是泛舟湖上，清歌《江南》的场景。

莲一次次准备好行囊，又一次次无奈地放下解开，多少次都没有成行。后来，莲再也不想回去了，她再也回不去了——起初，莲有了儿子，而后有了孙子。先前是丈夫拉着她的手苦苦哀求，而后，是儿子抱着她的大腿依依不舍，再后来呀，是孙子搂着她的脖子依依呀呀地央求。

原来这并不是莲真正想要的生活。俗世的生活一度让莲厌倦，可是莲却无法逃脱。老了的莲，只有在梦中一次次预演从前的生活，醒来后，便是一声长长的叹息。

枕一段时光与你相望

▶ 文 / 彼岸花

有灵魂的人可以在诗中找到知己。

——乔·梅瑞狄斯

想起一个故事：天冷了，两只刺猬抱着互相取暖。试探了好久，它们才找到合适的距离。之前，因为靠得太近，彼此都受到了伤害，而隔开得太远又都无法取暖。原来，这世间只有刚刚好的距离，才是温度和爱的距离。

距离真是个怪东西——于是我情不自禁、言不由衷地这样慨叹。

少年时候喜欢隔河相望，总幻想河对岸有自己想见的人与想遇的事。于是在无事的时候，总喜欢站在河边踮脚相望。那不算太宽的河面，因为没有桥梁和渡船，成了我奔向对岸的阻隔。春天的时候，看一河春水在清晨腾起袅袅云烟，模糊不定里满是少年猜不透的心思。

曾想过涉水而过，可母亲终究不放心我的水性，只好作罢。也曾在严冬，踩着坚冰向河对岸一步一步走去，走至半途，忽然听到脚下吱吱作响的冰裂声，只好垂头丧气无功而返。那一段不宽的河面，让我对对岸生出无限遐想。许多年后，河间架起一座桥梁。我第一次从河的这边走到了对岸，发现那边并无两样的景致，心里便徒生无边的失望。

长到足够大的时候，学会了和父母顶嘴。在日夜交战中无数次败下阵来后，盼望着能早点长大，好离家千里，与父母永不相见。以为只有那样，才够解气，才有志气。于是，读书的时候异常刻苦，想方设法争得父母的同意，让自己从一个走读生变成了一名住校生，直到有一天完完全全彻彻底底地离开家乡，到外地读书。

走的时候，父母来送，回望生养自己的故乡和父母，忽然生出无限眷恋，仿佛自己这一走，真的会永生永世不再相见。多年后客居他乡，回乡便成了一种奢望，于是便有了更多的回望。孤独时刻胸中便总有一股淡淡的挥之不去的乡愁。沿着细细的电话线，或者是隔着无形的电波，用乡音和父母通话，话语不多，可那种氛围总是甜蜜和美好的。

有了女儿后，总喜欢逗她玩，有那么一阵子，特别喜欢看她生气瞪眼睛的模样。看着看着，就回忆起了自己童年的样子。在莞尔一笑中，感叹时光的无情。那一刻，想必孩子内心是愤怒的、伤心的和失落的。可在大人眼里，因为隔着长长一段无法返回的时空，而变得美好起来。

工作后，十几年匆匆而过。有一年，和当年的同学相约某地，重叙旧情，心中不免忐忑起来，既期望却又害怕遇见我心中的那个她。当年的那个她变了吗？现在又会是什么样子呢？还会是当年那个清瘦文静的样子吗？还有，当年手牵手经过的杨柳是否还在？想着想着，忽又嗅到当年青春时光的气息，多年过后，那份美好在心中并不曾褪色半分。意外的是，相聚的时候并未见到她，那天，有失望，也有庆幸。想必她一定知道我会来，于是辞掉了这次难得的相聚，甘愿用遗憾换作永远的美好留在对方心中。

常常会看不清感情，于是隔着一段不远不近的距离又尝到了甜蜜；常常会看不清自己，于是枕着一段光阴回望，才看清了当初自己身上的优点与不足；也常常会无法看清事实，于是走出来，站在外围远远地去望，心便有了明亮无比的力量。

枕着一段时光与你相望，我看到的是美丽的你，与真实的自己。

乡间的秋天

▶ 文／心是莲花开

一切的和谐与平衡、健康与健美、成功与幸福，都是由乐观与希望的向上心理产生与造成的。

——华盛顿

乡间的秋天，到处喜气洋洋。

田野里的庄稼成熟了，那些玉米顶着胜利的黄缨，一排排似凯旋的战士，等待人们奖励；那些高粱，像羞红了脸的姑娘，盼望心上人前来迎娶；还有那些花生、地瓜……

所以，乡间的秋天，人人都是忙碌的。

记得小时候，我五六岁，妈妈要下田收割，我和姥姥在家。姥姥负责把那些运回家的花生捆扎好，等待舅舅们回家搬到屋顶上晾晒。我坐在姥姥的身旁，帮她把捆扎好的花生码放整齐。这个时候，姥姥是最怕天上的云遮住太阳的。因为要是下雨，花生淋了雨，会很长时间不干；如果好几天天不晴，花生就会生芽或者长毛，影响花生的品质，卖不到好价钱。

云遮日头的时候，姥姥总是喊我："妞妞，快抬头替我看看天，是不是满天都是云彩啊。"我乖乖地抬头看天："姥姥，没有了，只有一小块云彩，在为我们遮太阳。"姥姥就笑了，手里的活干得更快了。

在田里忙碌了一天的大人们，晚上回家也闲不下来，吃过晚饭，就把那些白天运回来的庄稼整理好，该上房的上房，该捆扎的捆扎，该收仓的收仓。人们甚至都懒得说话，星星都睡了，人们才拖着疲惫的身子爬上床。

乡间的秋天，人们苦中作乐，累中寻趣。

有时候我也跟着母亲去田野间。我在地头的草丛里抓蚂蚱，母亲在田里掰玉米。母亲累了的时候，就在地头喝点水稍事休息。她看我追蚂蚱的狼狈样，"咯咯"地笑，然后起身帮我扑蚂蚱。母亲是扑蚂蚱的高手，她看准蚂蚱欲飞的方向，张开手，一下子就把蚂蚱盖在了手掌中。父亲看着我们母女，笑笑，奋力地掰着玉米。

那些年轻的叔叔，会拿一些叶子，比如青草叶、玉米叶、花生叶……在休息的时候吹响，不知道什么调，但很好听。有时候他们什么也不用，只将嘴唇噘起，美妙的音乐就悠悠地随风飘荡……

乡间的秋天，是一首忙碌的诗、一曲丰收的歌。

月是故乡明

▶ 文 / 梦之队

大漠孤烟直，长河落日圆。

——王维

每一个离开乡村出外求生的人，都会对家乡的一草一木，生出眷恋之情。这种情感如同酿造的酒，随着时间的推移，而变得愈加醇厚浓郁。

记得早年离家出外求学时，那一步一回头的恋恋不舍，至今仍铭刻在心。那是一种突然失去才懂得珍惜的情感，只有当你真正要离开的时候，才会懂得。那种刻骨的情感，对故土的依恋之情，更像是孩子对父母的情感。离家多年后，那种依恋的情怀，随着岁月的流逝而层层复加于心，让我的心变得沉甸甸的。

有人说距离产生美。于是我相信，到不了的才叫远方，回不去的才叫故乡。小时候，久居在一个普通的豫北小村庄，像一颗星星落在尘埃里。那时候你不会觉察到它的美，那弯弯曲曲的乡间小路，那潺潺流动的溪水，那金光灿灿的油菜花，那绿油油的麦田。过去，总是视而不见，而今日，隔着时空的距离去看，那美却成了绝版的图画。甚至连那夏日里恼人的知了声，再回想起来，也生出无限的趣味和美感来。

离乡久了，发现每一个游子都有一颗漂泊的心，像是漂在海上的孤舟，而故乡就是岸。走再远的路，总忘不了在故乡源头出发的那第一步，那是灵魂的根。有一段时间，工作忙碌，心力交瘁，心总是悬在半空中。晚上，常常无法安然入眠。后来，回到故乡，回到父母身边，睡在乡村的臂弯里，那颗悬着的心才算安然落地。沉沉的睡眠是在乡村宁静的夜晚里展开的，伴着乡土淳朴的气息与野草的芳香，以及父母温暖目光的关照，安然入睡。

喜欢读余光中的《乡愁》，喜欢听费翔的《故乡的云》。早年时候，不曾离开家乡，是读不出来其中的愁绪，听不出来其中的伤感的，到了中年后，到了想回却回不去的时候，才真真切切体味出其中的滋味来。才体味到“月是故乡明”的深意来，原来那是一种情怀，是一泓流淌于灵魂深处的清泉，有着滋润生命的力量。

那乡间的树木、小屋、泥土、花草，任何一种景物，都会成为游子情感的寄托。于是，在离开家乡奔赴远方的时候，带上一捧家乡的泥土与自己随行吧，那么故乡就与自己时刻相伴了。

现在发觉，那不解的乡愁，是游子飘在心中不散的云。只有走在乡间的路上，那浓浓的愁绪方可得到消减。

蜡梅香

▶ 文 / 心是莲花开

真正的快乐是内在的，它只有在人类的心灵里才能发现。

——布雷默

傍晚时分，一个人沐浴着落日余晖，静静地漫步在城郊外的小路上。冬风丝丝缕缕拂在脸上，有浅浅的刺痛感。细碎的阳光，此时便成了可贵的温暖。

公园里，一棵蜡梅树的枝头，几朵蜡梅花像生命鲜活的精灵，在阳光下闪动着黄色的翅膀，瘦而倔强地绽放着。淡淡的香在凄寒的风里若有似无，不言不语，温馨冬日里的寂寥时光。

“晓日初长，正锦里轻阴，小寒天气。未报春消息，早瘦梅先发，浅苞纤蕊。揾玉匀香，天赋与，风流标致。问陇头人，音容万里。待凭谁寄？一样晓妆新，倚朱楼凝盼，素英如坠。映月临风处，度几声羌管，愁生乡思。电转光阴，须信道、飘零容易。且频欢赏，柔芳正好，满簪同醉。”不由得想起了宋朝词人喻陟的《蜡梅香》。蜡梅，用内心的清芬和勇气，用写意的风格，在冬日的大地上泼墨。白色是背景，暖色是基调，一笔笔晕染，春天便一天天深入，一天天茂盛。

蜡梅，远离你的时光，我曾无数次静静地守候着你的枝头，等候你的花朵，在冰天雪地里，唯我盛开。

乡下的院子里，母亲曾栽过一株蜡梅。每当冬日来临，院子里脆弱的花草都枯萎凋敝，成熟的果实早已采撷收仓，所有的激情逐渐冷却，北风肆无忌惮吟诵心头的惆怅时，唯有蜡梅，静静把诗句写满枝头，笑傲寒霜，绽送清香。

我对蜡梅格外疼惜，因着骨子里一份莫名的相近。进城的时候，舍不得它，便买来一个偌大的花盆，小心仔细地把蜡梅移栽在花盆里带进城，安放在阳台上。初冬时节，开始供暖，本已育蕾的蜡梅，不多时日后，花蕾尽数凋落，一朵也没有绽放。后来，整株蜡梅越来越萎靡不振。请教花农，花农说，蜡梅性喜寒凉，过热的环境违背了它的习性，它伤心了，怎么还会愉快地开花呢？

我重又把它送回乡下，送给了一个和我同样喜欢蜡梅的友人。每当冬天，收到友人发来的蜡梅绽放的图片时，都禁不住热泪盈眶。那时空和距离隔不断的蜡梅香，让我的冬天馨香萦绕，心温煦和暖，脸注满微笑。

蜡梅香，生乡思。

台湾友人来访，离别的那个晚上，我们彼此都充满了眷恋。诗友深情地朗诵起了余光中的《乡愁四韵》：“给我一瓢长江水啊长江水，酒一样的长江水，醉酒的滋味，是乡愁的滋味……给我一朵蜡梅香啊蜡梅香，母亲一样的蜡梅香，母亲的芬芳，是乡土的芬芳……”母亲一样的蜡梅香，无论我身在何方，都会嗅到这淳朴的芬芳；无论我走到天涯海角，故乡都在我的心上。

《本草纲目》记载："蜡梅，释名黄梅花，此物非梅类，因其与梅同时，香又相近，色似蜜蜡，故得此名。花：辛，温，无毒，解暑生津。"清初《花镜》记载："蜡梅俗称腊梅，一名黄梅，本非梅类。因其与梅同放，其香又近似，色似蜜蜡，且腊月开放，故有其名。"

蜡梅，初冬冲寒而开，香气浓而清，艳而不俗。曾有诗赞美："枝横碧玉天然瘦，蕾破黄金分外香。"

愿做一朵蜡梅花，藏一缕诗心，在寒风中傲然绽放，就算凋零，也要做一次清澈忘我的飞翔。

在蜡梅树下久久徘徊流连，我的身心浸透了蜡梅香。带着隔世的梅香，来生，再和你相逢。

荞面饺子浓浓的情

文 / 顾文显

当生活像一首歌那样轻快流畅时，笑颜常开乃易事；而在一切事都不妙时仍能微笑的人，才是真正的乐观。

——威尔科克斯

猛地发现一家朝鲜族冷面馆有招徕顾客的广告：现压荞麦面冷面。荞麦面？我可能有近 20 年没尝过这玩意儿了，这样一想，那股艮啾啾而略带甜味的味道登时溢上舌底腮边。

“三片瓦，盖座庙，里面坐位白老道”，这则民间谜语的谜底就是荞麦。荞麦的果实真有些怪，是三棱的，挺厚的皮儿，里面是个金字塔形、表面略带点淡绿的白色果仁儿，就是可食用的荞麦啦。荞麦这东西产量特别低，但也有它的优势。

我童年所居住的那个山沟，谷雨到芒种种玉米、大豆、高粱等主打作物，“头伏萝卜二伏菜，三伏种荞麦”，荞麦想种早都不成。那时候，二遍地都铲完了，农活相对轻松，开点荒地种上荞麦，不计较产量，收点得点儿。荞麦好像顶多60天的生长期，出苗10天左右，便把花儿开得雪白一片……它又必须在下霜前收割，否则，霜一打，杆儿蔫匐，那可再也收不起来了。于是荞麦成为我们那儿种得最晚、收获最早的庄稼。

荞麦收获了，先去碾子上轧一遍，谓之“伐”。把那层顽固的硬皮儿轧松，再去磨上推，硬壳儿筛出来装枕头，有清凉败火的功效；瓤儿继续推成面粉，雪白的，摸着手感特别好。山沟里没什么细粮，一般节日，如辞灶、元宵或者家族成员过生日，吃不起面粉，就用荞麦面来包顿饺子，那就是改善生活了。

荞麦面既硬又脆，需要用热水烫一下，才能和成饺子面；和面过程也比和白面复杂得多，面较脆，皮儿要擀略厚点儿，否则裹上馅再捏，容易裂开。将馅儿裹入，要小心地捏，如像白面饺子那样两手四个指头一对捏，根本粘不上。农家有种叫“筋骨草”的植物，若是磨成面掺入一些，多少能改善荞麦面的韧性。

荞麦面是白色，饺子煮出来却是黑的。若是改蒸饺，表面更是生出一层油亮亮的黑色光泽，诱人食欲。当然，皮儿较白面差些，馅儿也随之降格，白菜舍不得（冬天不好贮藏），大都用萝卜丝。肉更谈不上，剁入点炼猪油残余的渣儿，就算上品。那时候哪有钱买花椒大料去呀，山里多的是野生五味子藤蔓儿，味道酷似花椒，割回一些，泡点水，便是佐料。

荞麦面饺子皮厚馅少，与白面的有天壤之别，可我们一年也难得吃几回呀，那如何不津津有味儿？记得第一次饱口福时，是我13周岁生日，农历十月初三。包饺子时，我心跳加速，贫困时期的孩子，除了吃，他还有什么企求？奶奶狠歹歹地包了好几盖帘儿，当黑亮亮的饺子冒着热气端上桌时，我老早就嗅到了一股浓浓的野花椒味儿！甩开腮帮子狂塞一顿，一个荞面饺子大约相当于俩白面的，我吃了整整 40 个！实在塞不进去了，眼睛仍然盯着饺子盘儿……

那一晚，我肚子疼到天明，消化不了哇。但从 60 年代三年灾害饥饿线上挣扎过来的我，连哼也没哼。我认为值，吃进肚里就是赚着了。再说，若是让父母知道了，下次可找到限制我吃的借口了。

荞面饺子稀稀落落地点缀着许多主要次要的节日，相伴我生活了 10 多年。后来，不知道怎么回事，那东西在山沟里绝了种。每当果实刚灌浆的季节，便遭到无数肥硕的白虫子的啃咬，麦杆儿溅满果浆，疼得农民心儿直蹦，可有什么办法呢，明年干脆不种。

好像是 90 年代初，我路过一位农民朋友家，对方苦留我小饮。席间，他问我:“你调进市里总吃细粮，你婶子包的荞面饺子，想不想尝个新鲜?”

荞面饺子！简直是稀世之物，我连呼快端上来。仿佛预感到这东西迟早要退出普通人家的餐桌，我极其认真地品尝了起来。啊，脆生生甜丝丝的荞面饺啊，尽管馅儿改换成纯牛肉，而那童年的炸萝卜丝味儿和夹杂着奶奶身上淡淡的汗酸味儿，让我第一口便结结实实地叨住了……

哎，奶奶已辞世 25 年，那位农民朋友，也于 2000 年病故。逝者已矣，而面对那荞麦面的广告，你说我能抵挡住那份诱惑吗?

关东野菜香

▶ 文 / 顾文显

内心的欢乐是一个人过着健全的、正常的、和谐的生活所感到的喜悦。

——罗曼·罗兰

我生活的长白山区毗邻朝鲜，可谓关东之东。山区资源丰富，留给我印象最深的，当属那里的野山菜。

三月中旬，漫长的冬季随着“桃花水”的欢叫宣告结束。满山残雪，花花搭搭，远看山岗，宛如一头头花乳牛。一地泥泞，踩上去拔不出脚来时，小根蒜就顽强地探出暗红色的嫩芽芽……去田里抠回一些，清洗干净，蘸大酱吃一口，满嘴春天的气息！如果有早产的鸡蛋，和着切碎的小根蒜，搅匀，往油锅里一倒，登时，把一个早春炒得满沟筒子飘香……

与小根蒜相伴走上农家餐桌的，还有荠菜、蒲公英。荠菜可以做汤、拌菜甚至包饺子，而蒲公英要趁刚冒出紫芽时，连同去年越冬肥硕的根一起抠回。桌上放一盘，老农的心立刻活泛了。那年代，种粮食的农民却难得吃饱肚子，一年中最愁的就是缺粮。荠菜、蒲公英们透露给当家人一个好消息：今年又饿不死了！

四月初，向阳的山坡局部能见到干爽的泥土了，男人们一心忙着备耕，哪有闲空管此外的事呀。女人们则穿着带补丁的彩色衣衫兴致勃勃地飘摇于山林中。刺嫩芽，一种恐怕只有关东山才有的木质植物，大约算是灌木吧，浑身硬刺，它的嫩芽味道却是鲜美绝伦！炒鸡蛋，蘸酱……其香味虽不及关内的香椿浓烈，但更能为多数人接受。

从芽苞状态开始，一直可以吃到半尺长短，头茬给掰掉，它顽强地又生出二茬、三茬……可季节到了，为求生存，它几乎一夜间变了脸，再生出的芽芽老得像木柴，任是驴也嚼不动。于是，它就靠这最后的一茬芽儿活了下来。虽然被掰得歪歪斜斜，盆景似地生长，可千百年来，它们依然活着，依然繁衍子孙！

刺嫩芽毕竟稀少，在吃不饱肚子的年代，算尝鲜而已。但大叶芹，这至今仍扛着长白山绿色植物大旗的野山菜，此时已染绿了农家的生活。大叶芹，形状略像芹菜，又有独特的香味，故名。这东西漫山遍野，灌木丛中，只要能生长野草，就有它的一隅存在。大叶芹一寸高时，滋味最佳，长到一尺半长，叶子老了，掐掉，只存嫩梗儿，仍然可以炒着吃。它独特的味道，千品万品品不透，任何蔬菜都不能比拟！大叶芹饺子，大叶芹炒肉丝，至今大大方方地成为长白山区的名菜。

由于山区阴阳坡温差大，这边老了而那坡刚长出，采摘大叶芹可以延续一个多月的时间。这时，蕨类植物相继问世，主打是蕨菜。我小时候，荒地尚多，闲人太少，山坡上常常能见到上百亩的蕨，齐刷刷钻出地面。一筷子高，粗如小指，不生枝杈，唯顶端嫩芽一束，仿佛攥着小拳头，这时的蕨菜最嫩。倘拳头一夜间伸开，蕨菜就老了。

贴地皮采下，一捆捆放入筐中。那时候，不会像现在这样腌制保存，蕨菜多得吃不完，开水一焯，凡是能晒的地方，都晒了蕨菜。家家都有一袋半袋甚至几袋，放到冬天吃。那时候，谁晓得野山菜还能换银子？直到70年代初，国家陆续收购、听说东洋鬼子都花重金买这东西。不远万里买野山菜，哪里会只是为了吃？肯定有科技因素在里面。当然，这只是老百姓的猜想。

蕨菜生命力强得让人无法理解，一把火将去年的枯叶烧个精光，连地皮都烤焦了，再用镢头把它的根刨断，一根根抽出来，堆着晒干，再烧掉。然而，你起了垅，种上庄稼，苗子未出土呢，它居然一根根高傲地摆满了垅台！我最头疼蕨菜，恨它铲不净。

一晃几十年过去了，再去那山沟看，蕨菜没有了，因为它可以卖钱，所以采菜的人比蕨菜多。我让你野火烧不尽，我让你层出不穷，我蹲在这儿等，你出头就掐！蕨菜家族的衰落，让我感到了这个星球上什么最残忍，那就是创造了“残忍”一词的人！

与蕨菜相辅的蕨类植物，还有“猴腿”“牛毛广”（薇菜），味道比蕨菜尤佳，由于产量少，更有外国人帮着吃。当我们的老百姓口袋里稍稍鼓囊些，认为自己也应当品尝一下大山的赐予时，才吃惊地发现，野山菜离他们也很远了！

进入6月，农民园子里的小菜陆续长出来，韭菜、发芽葱、菠菜……然后是蒜苔、豆角、土豆……长白山的野山菜通人气呢，此时，它悄然退出，默默地等着下一个荒年。

做为半个山民，我跟野山菜的感情是很深的。如今去了省城，改革开放之年，物资不可谓不丰厚矣，然而，一到春季，总有一股惆怅的感觉：

市场上琳琅满目，就是看不到刺嫩芽、大叶芹，看不到新鲜的蕨菜……于是我固执地想，没了这些东西，咋也叫春天到了呢？

去年春节回故乡，友人宴请。进入一家中档饭店，友人问服务小姐："有大叶芹吗？"我大吃一惊，啥季节有大叶芹？小姐答："有的，20元。"原来，农民中也有爱动脑子的，把大叶芹移到塑料棚里，抢着好季节，野山菜卖上了鲜虾价钱！

长白山的野山菜哟，贫穷的年代，你不声不响，与糠麸同列，相伴着我度过一场场灾荒；如今富有了，你装点盛宴，与珍馐为伴……你哪里是普通的植物，你简直是我记忆中活生生的长白山山民……

黏火烧情结

▶ 文／顾文显

人生要有意义只有发扬生命，快乐就是发扬生命的最好方法。

——张闻天

小屯子两山夹一沟，种的几乎全是玉米，整年见不到点细粮。然而，再穷也得过年啊，于是，黏火烧就摆到了山民们的餐桌上。

谷子有两种，一种推出普通小米，另一种推出的是黏米。为了改善生活，生产队每年种几十亩黏谷，分给大家。有经验的老农心里明镜似的，这种黏谷产量低，幸亏上级不晓得。那年头，哪个队若是偷偷地种上二亩小麦，让上级知道了那还了得？在我们那儿，小麦跟玉米比，产量不及一成，你只顾改善生活不想国家了，那春节供应的一斤面粉还想不想要了？

社员们把黏谷分回家。队里就一台石碾，你得起早贪黑排号，用它推出黏米。入冬后，你听到碾子沉重的“咯吱”声，就知道年近了！推出黏米，按比例兑入玉米糁子，泡进缸里至少半月，泡得发酵发臭（不如此便达不到理想的黏度），再一遍遍地洗至嗅不出异味儿，然后用石磨推出极细的浆汁，当地人谓之“推水磨”。

劳动力没日没夜地学大寨，这活儿自然落到了老婆孩子身上。推水磨那才叫沉重，推得我裤档都被汗水湿透了，可我还是乐意受这份累。常年跟玉米饼子打交道，我心中的黏火烧，简直就是今天的燕鲍席！

推完浆汁放回缸里，表面盖几层布，陆续将水吸干，这时候就可以包火烧了。煮上一锅小豆，——顺便说一句，小豆那东西必须放糖，否则它噎人。那阵子，一户一本副食供应卡，凭它一年只允许到供销社买一斤白糖。可怜老百姓几家找得出那笔钱！于是，有一种叫“糖精”的东西便应运而生，说明书上鼓吹的是“甜度相当于普通白糖的五百倍”，实际跟无毒塑料一样，没任何营养。贫穷的国人不得不用糖精来欺骗自己的舌头！

吸干了水的浆汁叫“黏米面”，放在面板上拍成薄饼，裹入糖精小豆馅儿，用肉皮蹭滑铁锅以免粘锅。慢火烙熟后贮藏于仓房里的水缸中，就等着过年期间馏着吃，啊哈，告别该死的苞米饼子啦！

其实即使是过年，黏火烧也难以满足。黏米才多点儿啊，遇上收成不好，每口人只分得五斤，推出三斤黏米，再加三斤玉米，也有限。春节期间，不乐意再吃饼子，就靠大煎饼充当主食，因此黏火烧成为山沟里孩子的憧憬……

每到冬季，雪道形成，我就带弟弟起大早，每人拉一爬犁干柴，到十里外的镇子上卖。十次卖完九次黑，没钱，就那么饿肚子。妈妈心疼我们，赶上推水磨了，就悄悄让我俩带上几个黏火烧，再三嘱咐，一定放供销社的铁炉子上烤，黏东西不可冷吃，那会做病的。可她老人家哪里知道，那炉子围了不定几圈取暖的穷人，你怎么靠得近？于是我们就吃冷的。那东西冻过后，跟生的差不多，然而有糖精的味儿啊，我俩就迎着北风嚼啊嚼，想想跟苞米饼子比，这可是细粮哩……

一晃离开那年代40年，我也在市区、在省城混了19个春秋。写点蹩脚的文章卖钱，居然超过工资数倍，餐桌上的珍馐美味已无兴趣，而少年时的黏火烧却经常踱入梦中。突然，一天下班，见众人抢购什么，挤过去，原来是卖黏火烧的！我赶紧买了二斤，回家后急不可待地尝了一个。咋这味？必是那卖主儿滥竽充数，弄这冒牌货来蒙钱的！

后来，我终于有机会回那山沟。恰逢年关，乡邻盛情留客，我也就不再坚持。只有个愿望，我想吃正宗黏火烧。主人摆了一桌子鱼肉，虽然做法粗了点，但成本不低，我急问："黏火烧呢？"

主人的回答让我好生失望，他说："谁吃那破玩意儿，费老事了。"带我到堆杂物的屋子里，嗬，五袋面粉，三麻袋大米！老乡说："感谢邓小平啊，咱农民凭什么总是吃苞米的命！"

"那你这上万斤苞米……"

"这点？"主人自豪地说，"卖掉多半了，这些，再卖点，剩下的做饲料，有时也吃个稀罕……"

吃不到黏火烧了。我想，是生活把它挤走了。就如同我儿时的雪橇，留下的记忆再美好，也不能跟今天的电子玩具比呀。

为自己疗伤

文 / 梦之队

凡笑者，就表现着他尚有生活的胆和力。

——德懋庸

春天来了，生活在美洲的大黑熊也从冬眠中渐渐苏醒过来。可刚刚醒来的它们总是萎靡不振，看上去一点儿精神也没有。醒来后的它们，常常去找些有缓泻作用的果子吃。这样做的目的，是把长期堵在直肠里的硬粪块排泄出去。之后，它们的精神开始慢慢振作起来，体质也恢复到了常态，开始了新的生活。

热带森林里的猴子，如果出现怕冷、战栗的症状，它们会主动去啃食一种叫金鸡纳树的树皮。不久，有病的猴子就又恢复了原来活泼可爱的样子。原来，它们是得了疟疾，而这种树的树皮中包含奎宁，是治疗疟疾的良药。

在乌兹别克，狩猎的人常常会看到这样的怪事——受伤的野兽总是跑向同一个山洞。后来，有一个猎人为了查明究竟，就跟踪一只受伤的黄羊。当黄羊跑进山洞后，他躲藏在隐蔽的地方进行观察。他发现，那只黄羊把受伤的身体紧紧贴在峭壁上。不久，这只流血不止、身体孱弱的黄羊就止住了流血，恢复了体力，离开了山洞，走向陡峭的山崖。黄羊走后，猎人在黄羊医治外伤的峭壁上发现了一种类同黑色野蜂蜜的黏稠液体。这种液体后来经科学家检测研究，发现里面含有30种微量元素。用这种液体涂抹在伤口上，可以使伤口很快愈合，使折断的骨骼复原。

探险家们曾在一个森林里发现了一只受伤的野象，看到它正在岩石上来回磨蹭，直到伤口上覆盖了一层厚厚的灰土和细沙。原来，这种泥灰石中含有氧化镁、钠、硅酸等矿物质，有治病的作用。

其实，自然界中不仅仅是美洲黑熊、热带的猴子、乌兹别克受伤的黄羊、森林中受伤的野象会自我疗伤，还有更多的其他动物以及植物，也会给自己疗伤。那么，作为高级动物的人，我们会为自己疗伤吗?

人生漫长，道路曲折，难免会遭遇失败，经受挫折，或事业上一败涂地，或情感上分崩离析，抑或生活上陷入泥潭。为了摆脱困境，我们可以去求助于外界，但更重要的是，我们要像美洲黑熊、热带的猴子、乌兹别克受伤的黄羊、森林中受伤的野象那样——学会为自己疗伤，主动寻找解决问题的办法，来修补那颗残缺破碎的心，开始新的生活。